임영기 新무협 판타지 소설

FANTASTIC ORIENTAL HEROES

와룡봉추

와룡봉추 2

임영기 新무협 판타지 소설

초판 1쇄 찍은 날 § 2019년 1월 16일
초판 1쇄 펴낸 날 § 2019년 1월 23일

지은이 § 임영기
펴낸이 § 서경석

총괄팀장 § 최하나
편집책임 § 김경민

펴낸곳 § 도서출판 청어람
등록번호 § 제387-1999-000006호
등록일자 § 1999. 5. 31
어람번호 § 제2-2767호

주소 § 경기도 부천시 부일로 483번길 40 서경B/D 3F (우) 14640
전화 § 032-656-4452 팩스 § 032-656-4453
http://www.chungeoram.com
E-mail § chungeorambook@daum.net

ⓒ 임영기, 2019

ISBN 979-11-04-91923-7 04810
ISBN 979-11-04-91921-3 (세트)

도서출판 청람

②

와룡봉추

임영기 新무협 판타지 소설

FANTASTIC ORIENTAL HEROES

目次

第一章

살아남는 법

무림이 뒤숭숭하다.

천하 곳곳에서 크고 작은 싸움이 그치지 않기 때문이다.

그로 인해서 하루에 수천 명의 무림인이 죽었다.

몇 년 전부터 무림에는 춘추구패(春秋九覇)라는 말이 떠들썩하게 나돌았다.

고대 춘추시대(春秋時代)의 제후들을 대표하는 맹주를 춘추오패(春秋五覇)라고 불렀는데 그것을 본떴다고 한다.

말하자면 당금 무림의 각 지역 대소문파들이 자신들의 맹주라고 내세운 인물을 춘추구패라고 부른다는 것이다.

춘추구패 중에서도 세력이 크고 막강한 세 곳이 천하무림을 일통시키려고 한다는 말이 공공연하게 떠돌았다.

그런 소문을 입증하기라도 하려는 듯 그들은 불가사리처럼 닥치는 대로 세력을 넓히고 힘을 키웠다.

말하기 좋아하는 무림인들은 그 세 곳을 강삼패(强三覇)라고 불렀다.

장차 그들 강삼패 중에서 하나가 천하무림을 일통할 것이라는 소문이 지배적이다.

강삼패보다 세력이 못 미치는 세 군데가 중삼패(中三覇), 가장 약한 세 곳이 소삼패(小三覇)라고 불렸다.

그렇지만 소삼패라고 해서 우습게 보면 안 된다. 그들이 춘추구패 중에 하나라는 사실을 명심해야 한다. 다만 춘추구패 중에서 세력이나 힘이 조금 밀린다는 것뿐이다.

강삼패는 세력을 더욱 넓히려고, 중삼패는 강패(强覇)로 올라서기 위해서, 소삼패는 강삼패와 중삼패에게 먹히지 않으려고 전력을 기울였다.

그렇게 춘추구패의 싸움이 하루도 그치지 않는 무림 곳곳에서 피 냄새가 진동했다.

*　　　　*　　　　*

합비의 패자 태극신궁의 궁주와 남경의 패자 사해검문의 문주가 합비와 남경의 중간 지점쯤 되는 안휘성 남부 지역의 소호(巢湖)에서 비밀리에 회동을 했다.

둘레가 이백오십여 리에 달하는 바다처럼 거대한 소호에는 사람이 사는 섬이 단 하나 있으며 무사도(武砂島)라고 하는데 그곳에 한 채의 고풍스러운 장원이 있다.

의검장(義劍莊)이 장원의 이름이다.

장원 깊숙한 별원의 내전에 태극신궁 궁주와 사해검문 문주가 탁자에 마주 보고 앉아 있었다.

태극신궁 궁주 태극검협(太極劍俠) 강무교(姜武較) 옆에는 한 명의 준수한 청년이, 그리고 사해검문 문주 사해금검(四海金劍) 당평원(唐平元) 옆에는 아리따운 소녀가 앉아 있었다.

태극검협 강무교와 사해금검 당평원은 자신들의 아들과 딸을 혼인시킴으로써 사돈지간이 되어 정략적 혈맹을 맺으려 하고 있다.

강무교가 진중한 표정으로 입을 열었다.

"우리가 손을 잡으면 능히 일패(一霸)를 이루게 될 것이오."

당평원이 고개를 끄떡였다.

"적어도 십패(十霸)의 중간은 가지 않겠소?"

태극신궁과 사해검문이 혈맹을 맺어 일패를 이루면 춘추

십패(春秋+霸)의 하나가 될 것이고, 그중에서도 중간 세력인 중패(中霸)에 들어갈 수 있을 것이라는 얘기다. 그리되면 중사패(中四霸)가 될 것이다.

하지만 그것은 이들의 희망 사항일 뿐이다. 이들의 합쳐진 세력을 일패로 인정하여 춘추십패의 반열에 올려놓는 것은 어디까지나 무림인들이다.

강무교의 아들 강우조(姜宇朝)는 꿔다 놓은 보릿자루처럼 멀뚱하게 앉아 있으며 당평원의 딸 당한지(唐翰芝)는 조금 차가운 표정으로 강무교의 아들을 쳐다보고 있었다.

올해 십팔 세의 당한지는 이십팔 세의 강우조를 오늘 처음 보았다.

당한지는 강우조가 조금도 마음에 들지 않았다. 생긴 것만 번드르르할 뿐이지 나이도 열 살이나 많다.

그렇지만 패기와 자신감이 넘치는 청년이라면 열 살쯤 많은 것은 문제가 되지 않는다.

그런데 강우조는 자기보다 열 살이나 어린 당한지의 시선을 정면으로 받지 못할 만큼 여려 빠졌다. 당한지하고 시선이 마주치면 움찔 놀라서 얼른 외면했다.

하지만 당한지는 맞은편에 앉은 마음에 들지 않는 청년과 혼인을 해야만 한다.

아버지가 그렇게 결정했기 때문이다. 가문의 사활이 걸린 일이므로 당한지는 아버지를 거역할 수가 없었다.

강무교는 진중한 표정을 지었다.

"모양새만 갖춰져서는 안 되오. 우리는 온전히 하나가 돼야 지만 춘추십패가 될 수 있을 것이오."

당평원은 크게 고개를 끄떡였다.

"그렇소. 태극신궁과 사해검문의 온전한 혈맹을 위해서는 혼사를 비롯하여 모든 일을 조속히, 그리고 철저하게 처리해 야 할 것이오."

합비의 패자 태극신궁이 합비가 속해 있는 안휘성 전체를 대표하는 것은 아니다. 그저 안휘성의 도읍인 합비의 패자일 뿐이다.

그런 것처럼 사해검문 역시 강소성 전체가 아닌 강소성의 도읍 남경의 패자에 그친다.

이 두 개의 문파는 더 강해지려는 것보다 생존을 위해서 합 병을 선택한 것이다.

어영부영하다 보면 춘추구패에게 잡아먹히기 십상이기 때 문에 그 전에 몸집을 키워야만 한다.

태극신궁과 사해검문이 대문파이긴 하지만 춘추구패에 비 하면 조족지혈일 뿐이다.

*   *   *

해남비룡문은 형산은월문에 도움을 청했다.

만일 해남비룡문이 외부 세력에게 공격을 받게 될 경우 형산은월문이 즉시 달려와 달라는 것이다.

두 문파를 개파한 화성덕과 조형래는 원래 막역한 친구였으며 두 사람의 아들 화명승과 조무철도 의형제를 맺을 정도로 절친한 사이가 됐다.

두 사람이 얼마나 친하면 어린 화운룡과 조숙빈을 정혼까지 시켰겠는가.

그렇기 때문에 해남비룡문이 위험에 처했다는 사실을 알면 형산은월문은 당연히 달려와 주겠지만 그것을 드러내 놓고 말로써 약조를 한 것은 이번이 처음이다.

화명승의 도움 요청에 조무철은 흔쾌히 승낙했다.

이 약조에 대한 감사의 표시로 화명승은 매월 일정 액수의 돈을 형산은월문에 지불하겠다고 제의했지만 조무철이 완강하게 거절했다.

넉넉하지는 않지만 그런대로 문파를 꾸려 나가고 있는 형산은월문은 돈을 받는 것은 우정에 먹칠을 하는 행위라고 생각한 것이다.

만약 창혼부가 다시 해남비룡문을 습격한다면 형산은월문의 도움만으로는 살아남기 어려울 터이다.

오히려 해남비룡문과 형산은월문 두 문파가 일패도지 몰살을 당할 확률이 지배적이다.

그런데도 현재의 해남비룡문으로서는 도움을 청할 만한 곳이 형산은월문밖에 없다.

그리고 형산은월문은 자신들이 몰살당할 것이라는 사실을 잘 알면서도 선뜻 돕겠다고 했다.

태주현 제일문파 자리를 놓고 형산은월문과 다투고 있는 진검문이 있지만 도와달라고 손을 내밀 만한 곳이 아니다.

더구나 며칠 후면 진검문 소문주인 감중기와 화운룡이 일대일 대결을 벌여야 하는 상황이라서 더욱 그랬다.

*   *   *

우두두두두—

십여 기의 인마(人馬)가 태주현 한복판 대로를 질주하면서 뿌연 먼지를 일으키며 들이닥쳤다.

대로의 행인들이나 좌판을 벌여놓은 사람들은 비명을 지르면서 길가로 피하느라 한바탕 난리가 벌어졌다.

마상의 인물들은 무림인이며 도검 등의 무기를 휴대하고 있는데 하나같이 관자놀이 옆의 태양혈(太陽穴)이 불끈 솟았으며 눈빛이 형형했다.

한눈에도 그들은 태주현 사람이 아니다. 태주현에는 저처럼 대단한 위용의 무림인이 없다.

그들 중에서 가장 약한 인물이라고 해도 태주현에서 제일 고강한 형산은월문주나 진검문주보다 고강할 것이다.

하지만 그들은 신분을 나타낼 만한 아무런 표식도 지니고 있지 않은 모습이었다.

그들 무리는 태주현 대로를 가로질러 어느 아담한 장원 앞에서 일제히 멈추었다.

그 장원은 도일장(刀溢莊)이라는 곳으로 태주현 관내의 흔한 무도관 중에 하나였다.

태주현 내의 모든 방파와 문파, 무도관까지 죄다 부름을 받고 도일장에 모였다.

태주현을 중심으로 백 리 이내에는 열일곱 개의 방파, 문파, 무도관들이 있는데, 두 곳을 제외한 열다섯 곳을 대표하는 사람들이 도일장 대전에 모여 있었다.

대전의 한쪽에는 얼마 전에 말을 타고 태주현에 들어온, 정확하게 열 명의 무림인들이 모여 서 있고, 그들 앞에 태주현의 방파, 문파, 무도관에서 온 대표자들이 무림인들을 향해서 서 있는데 긴장한 표정들이었다.

해남비룡문에서는 총관인 반도정과 그의 부인이며 검술 사범인 화문영이 왔다.

태주현의 방파, 문파, 무도관 사람들은 즉시 도일장에 모이라는 연락을 받고 오지 않을 수가 없었다.

왜냐하면 그런 연락을 보낸 당사자가 바로 통천방(通天幇)이기 때문이다.

통천방은 강소성 중부 지역인 홍택호(洪澤湖) 연안의 사양현(泗陽縣)에 있는 강소성 제일의 대방파로서 춘추구패 중에 일패이며 강소성의 절대자이다.

비록 사해검문이 남경의 패자라고는 하지만 통천방에는 견줄 수가 없다.

단지 하나의 도읍인 남경의 패자와, 영역만으로도 그보다 백오십 배 이상 거대한 강소성 전체의 패자는 큰 차이가 있을 수밖에 없다.

통천방이 춘추구패의 소삼패에 속하지만 세력이나 힘, 영향력 면에서 사해검문보다 최소 열 배 이상 클 것이다.

예를 들자면, 사해검문은 남경 주변에 세 개의 지부와 여덟 개의 분타를 지니고 있지만, 통천방은 강소성 전역에 스물다섯 개의 지부와 팔십여 개의 분타를 거느리고 있다.

또한 통천방이 위치한 홍택호 변의 사양현은 일개 현이면서도 도읍인 남경만큼 번화했다.

이유는 단 하나, 순전히 통천방이 사양현에 자리를 잡고 있다는 사실뿐이다.

그것만 봐도 통천방과 사해검문의 힘의 차이를 극명하게
알 수가 있었다.

말을 타고 온 열 명, 즉 통천방 고수들 중에 우두머리가 세
걸음 앞으로 나서서 형형한 눈빛과 우렁우렁한 목소리로 말
문을 꺼냈다.

"거두절미하고 말하겠소."

그는 통천방에서 일개 조장(組長)의 지위지만 웬만한 방, 문
파의 수좌(首座)를 눈 아래로 본다. 그 정도로 통천방의 위세
가 대단하다는 뜻이었다.

"통천방은 태주현에 분타를 두기로 결정했소. 하나의 방파
나 문파가 태주분타로 선정되면 본 방의 전폭적인 지원을 받
게 될 것이고, 태주현을 중심으로 백 리 이내에서 본 방을 대
표하게 될 것이오."

예상하지 못했던 일에 사람들이 크게 놀라서 술렁거렸다.

"본 방이 염두에 두고 있는 문파는 세 곳이오. 형산은월문
과 진검문, 그리고 해남비룡문이오."

형산은월문과 진검문은 태주현 제일문파 자리를 두고 첨예
하게 다투고 있을 정도니까 그렇다고 해도, 해남비룡문은 두
문파에 비해서 세력이나 힘, 영향력 면에서 절반의 절반에도
미치지 못하는데도 통천방 태주분타가 될 수 있는 자격을 언

었다.

형산은월문이나 진검문에게 없는 대단한 것을 해남비룡문이 갖고 있기 때문이다.

남경의 사해검문마저도 탐내고 있으며 창혼부도 호시탐탐 노리는 그것은 바로 해룡상단의 자금력이다. 그것을 통천방이라고 간과할 리가 없었다.

"방금 말한 세 문파가 아니더라도 본 방의 태주분타가 되고 싶은 방파나 문파가 있으면 심사를 하겠소."

조장은 주먹으로 제 가슴을 가볍게 두드렸다.

"나는 통천방 외사도당(外四刀堂) 휘하 팔향(八香) 소속 제구조장(九組長)이며 이름은 부윤발(扶允拔)이고 이들은 내 조원(組員)들이오."

모인 사람들은 너 나 할 것 없이 호기심과 흥미가 가득한 표정으로 눈을 빛냈다.

일개 조장의 지위인데도 그가 일류고수라는 사실을 한눈에 알 수가 있다.

"나는 이곳에 묵을 테니 돌아가서 의논을 하고 내일 저녁 술시(戌時: 저녁 8시경)까지 와서 각 파의 의사를 밝히시오. 지금부터 질문을 받겠소."

기다리고 있었다는 듯이 태주현 방파와 문파 사람들이 질문을 쏟아냈다.

"분타주와 분타 구성원은 누가 됩니까?"

"당연히 분타로 선정된 방파나 문파의 수좌가 분타주가 되고 그곳의 문하 제자나 무사들이 분타 구성원이 될 것이오. 거기에 대해서 본 방은 간섭하지 않겠소."

"통천방은 분타에 어떤 지원을 합니까?"

"첫째, 본 방의 분타가 되면 통천방의 일원이 됐으므로 아무도 건드리지 못할 것이오. 건드렸다가는 백배로 돌려받게 될 것이기 때문이오. 둘째, 본 방의 성명무공을 배우게 될 것이오. 셋째, 본 방의 기본적인 명령만 준수한다면 분타의 일에 일체 간섭하지 않을 것이오."

그 말대로만 된다면 통천방 태주분타는 대단히 매력적이다.

이후로도 구조장 부윤발에게 많은 질문이 쏟아졌다.

*　　　　*　　　　*

통천방 구조장 부윤발이라는 자의 부름을 받고 도일장에 갔다가 돌아온 반도정 부부는 자신들이 보고 들은 것들에 대해서 가족들에게 자세히 설명했다.

화운룡과 가족들, 그리고 장하문, 벽상 등은 반도정 부부를 기다렸다가 다 같이 늦은 저녁 식사를 하는 중이었다.

설명을 다 듣고 난 가족들은 약속이나 한 듯이 화운룡과 장하문을 쳐다보았다.

이즈음 해남비룡문의 중요한 일들은 모두 화운룡이 결정하는 것으로 자리를 잡아가고 있었다.

더구나 신기서생 장하문이 화운룡의 수하이며 군사가 된 이후에 가족들은 화운룡을 실질적인 문주이며 가주로서 철석같이 신뢰하게 되었다.

"자네가 말하게."

화운룡이 가볍게 고개를 끄떡이자 장하문은 공손히 고개를 숙이고는 일어나서 화명승에게 물었다.

"혹시 문주께선 본 문이 통천방 태주분타가 되기를 원하십니까?"

화명승은 강하게 고개를 가로저었다.

"절대 그렇지 않네."

화명승을 비롯한 가족들은 남에게 구속된다는 자체를 몹시 싫어한다.

화명승은 쟁쟁한 신기서생에게 하대를 하는 것이 미안하지만, 화운룡이나 장하문이 그렇게 해야 한다고 누누이 종용하는 터라서 어쩔 수가 없었다.

장하문은 조용히 설명했다.

"소생의 생각으로는 본 문은 이대로 가만히 있는 것이 좋을 것 같습니다."

"아무것도 하지 않는다는 말인가?"

"조금쯤은 손을 써야겠지요."

모두들 그의 다음 말을 기다렸다.

"통천방이 태주분타를 만들면 사해검문 일은 자연스럽게 해결될 것입니다. 통천방 태주분타가 태주현을 관할하는 형국이 될 텐데 어찌 감히 사해검문이 본 문에 손을 뻗쳐서 태주분타를 삼을 수 있겠습니까? 통천방은 태주현에 사해검문의 분타가 생기는 것을 좌시하지 않을 것입니다."

"그렇군!"

화명승과 가족들이 환한 표정을 지으며 기뻐했다. 사해검문 일이 자연스럽게 해결됐다.

태주현이 통천방의 지배하에 들어갔는데, 태주현에 있는 해남비룡문을 사해검문이 건드린다면 그것은 통천방에 도전을 하는 모양새가 돼버린다.

화명승이 장하문에게 넌지시 물었다.

"장 군사 생각으로는 누가 태주분타가 될 것 같으며, 누가 태주분타가 되면 우리에게 좋을 것 같은가?"

장하문은 거기에 대해서 이미 생각을 했던 듯 즉답했다.

"제 소견으로는 진검문이 태주분타가 될 것 같습니다. 형산 은월문은 본 문과 비슷한 성향이라서 용의 꼬리보다는 뱀의 머리가 되고 싶어 할 것입니다."

말하자면 외압 같은 것 없이 형산은월문 자체를 유지하고 싶어 할 것이라는 얘기다.

"장차 본 문이 좋아지려면 두말할 필요 없이 형산은월문이 태주분타가 돼야 합니다."

그 이유는 말할 필요도 없다.

화명승이 고개를 모로 꼬았다.

"철 아우는 형산은월문에 대한 자부심이 대단해서 우리가 그를 설득하는 것은 쉽지 않을 걸세."

"설득할 필요 없습니다."

"어째서 그런가?"

"형산은월문이나 진검문이 아닌 제삼의 문파를 태주분타로 만들면 됩니다."

다들 어리둥절한 표정을 지었다.

"제삼의 문파라니?"

"장 군사님, 형산은월문이 태주분타가 돼야지만 본 문에 좋을 것이라면서 제삼의 문파를 태주분타로 만든다는 건가요?"

화운룡은 이미 장하문의 계략을 짐작했지만 미소만 머금은 채 잠자코 있었다.

장하문은 태주현의 정세를 이미 다 파악해 두었다.

"취영문(翠影門)이 좋겠습니다."

취영문은 형산은월문과 진검문보다 한 단계 아래의 소문파이지만 해남비룡문보다는 돈만 빼고 여러 면에서 월등하게 뛰어나다.

"취영문을……."

"우리가 취영문주와 통천방에서 온 구조장을 각각 만나서 취영문이 통천방 태주분타가 될 경우에 발생하게 될 초기의 비용은 물론이고 유지비까지도 본 문에서 내겠다고 약속을 해주는 것입니다."

"아아……."

"괜찮은 방법인 것 같아요."

해남비룡문과 해룡상단의 재정을 담당하고 있는 둘째 누나 화예상이 궁금한 얼굴로 물었다.

"초기 비용이라는 것과 태주분타에 매월 들어가는 유지비가 얼마나 들 것 같은가요?"

장하문은 막힘없이 대답했다.

"웬만한 분타 하나를 만드는 데 필요한 초기 비용으로는 평균적으로 은자 삼만 냥 정도인데 분타로 사용할 장원 매입 비용으로 거의 사용됩니다. 취영문은 장원을 갖고 있으므로 장원 매입 비용이 전혀 들지 않으니까 은자 오천 냥 정도면 넉넉할 것입니다."

다들 크게 한시름 놓는 표정을 지었다.

"그리고 유지비는 태주분타 인원을 최대 백 명으로 잡았을 때 매월 은자 오천 냥이면 남을 것입니다."

해룡상단의 월간 순이익이 은자 십만 냥 정도이니까 매월 오천 냥의 지출쯤이야 크지 않다.

모두들 고개를 크게 끄떡이는 것을 보면서 장하문이 말을 이었다.

"모르긴 해도 통천방에서는 본 문을 태주분타 최고 적격자로 꼽았을 것입니다."

"그건 왜 그런가?"

"사실 본 파가 직접 경영하지 않거나 본 파에서 멀리 떨어진 분타들은 어느 방파나 문파가 되든지 상관이 없습니다. 본파에서 가장 역점을 두는 것은 얼마나 돈을 들이지 않으면서 분타를 세우고 운영하느냐는 것입니다."

"취영문은 고작 사십 명 정도의 문하 제자뿐인데?"

"태주분타가 된 후에 분타원을 모집한다는 방을 붙이면 구름처럼 몰려들 것입니다. 통천방 수하가 될 수 있는 기회이니까요. 그리고 통천방에서 무공 사범을 파견하여 분타원들에게 무공을 가르칠 테니까 그 문제도 해결이 됩니다."

"그렇군."

장하문은 화명승을 보았다.

"문주께서 허락하시면 취영문의 일을 제가 추진하겠습니다."

사실 화운룡의 명령이 떨어져야 행동에 옮기는 장하문이지만 그래도 명색이 문주라서 예의상 화명승에게 허락을 구하는 것이다.

그리고 그것을 모를 리 없는 화명승이라 내심 고마워했다.

화명승은 가족들을 차례로 둘러보고 아무도 반대하지 않자 크게 고개를 끄떡였다.

"부탁하네."

그래놓고서 화명승은 궁금한 듯 물었다.

"장 군사, 자네가 직접 그들을 만나려는 것인가?"

장하문은 빙그레 미소 지었다.

"아닙니다. 저를 아는 사람이 많아서 제가 설치고 다니면 외려 역효과를 부를 것입니다."

"음, 아무래도 그렇겠지."

장하문이 물밑 작업을 한 덕택에 통천방 태주분타에 가장 적합한 문파로 일단 취영문이 선택됐다.

그런데 단서가 하나 달렸다. 통천방에서 파견한 구조장이 해남비룡문에 직접 확인을 해야 한다는 것이다.

취영문을 통천방 태주분타로 삼는 초기 비용과 이후 매월 분타의 유지비를 해남비룡문이 정말로 대겠다는 것인지에 대한 확인이다.

통천방 구조장이 해남비룡문을 방문했다.

구조장 일행을 맞이하는 자리에는 화운룡과 장하문 두 사람만 나섰다.

"왜 취영문을 돕는 것이오?"

탁자를 마주하고 앉은 구조장이 푸근한 얼굴로 물었다. 그의 얼굴과 언행만 보면 전혀 경계하지 않아도 될 것 같았다. 그의 물음은 충분히 궁금할 수 있는 내용이다.

화운룡이나 장하문은 구조장의 물음에 대한 대답으로 그를 옴짝달싹 못하게 만들 수 있지만 그러지 않았다.

일부러 그럴 필요가 없다. 이쪽이 특별하게 보여서 좋을 게 없기 때문이다.

화운룡이 담담하게 대답했다.

"진검문하고는 앙숙이오."

누가 들어도 간명하고 솔직한 대답이다. 앙숙이 통천방 태주분타가 되면 해남비룡문으로서는 좋을 게 없다. 그 대답은 구조장을 충분히 납득시켰다.

"그럼 해남비룡문이 직접 태주분타를 하지 그러오?"

구조장이 제 딴에는 태주현의 정세에 대해서 다 알아보고 나서 물어보는 것이 뻔할 텐데 우습게 보고 대충 대답해서는 안 된다.

이번에는 화운룡 옆에 서 있는 장하문이 대답했다.

"우린 장사꾼이라서 골치 아픈 거 질색이오."

구조장은 이번에도 더 묻지 않았다.

해남비룡문에 대해서 미주알고주알 다 알아봤는데 장하문의 말이 맞다.

해남비룡문은 간판만 검문이라고 걸어놨을 뿐이지 해룡상단이 본업이고 속속들이 장사꾼이다.

구조장이 데리고 온 한 명의 고수에게 턱짓을 하자 그가 품속에서 하나의 죽통을 꺼내더니 뚜껑을 열어서 죽통 안의 돌돌 말린 종이를 꺼내 구조장에게 건넸다.

구조장은 동그랗게 말린 종이를 탁자에 놓고 손바닥으로 밀어서 펴더니 화운룡 앞으로 밀었다.

"문건(文件)으로 남기도록 합시다. 읽어보고 첨명(簽名: 서명)하시오."

화운룡은 문건을 집어 옆에 서 있는 장하문에게 주었다.

장하문은 문건을 대충 훑어보는 것 같지만 날카로운 매의 눈처럼 샅샅이 훑었다.

척!

다섯 호흡 만에 다 읽은 장하문이 문건을 탁자에 놓으며 한 군데를 짚었다.

"여기 이것 말이오. 태주분타의 유지비 외(外)의 비용이라는 것은 무엇이오?"

구조장은 대수롭지 않게 대답했다.

"분타가 꼭 유지비만 쓰는 것은 아니잖소?"

"유지비만 있으면 되오."

구조장은 손가락을 하나씩 꼽았다.

"분타에서 행사를 하면 경비가 필요할 것이고, 분타원들이 먼 지역으로 일을 보러 다녀와도 경비가 발생하오. 하다 못해서 태주분타를 관할하는 지부나 그 위의 본 방에서의 경축을 위해서 선물을 보내는 데 경비가 들 수도 있잖겠소?"

장하문은 표정의 변화 없이 담담하게 말했다.

"앞의 두 개는 유지비에 포함이 되오만 뒤의 것은 혹시 상납을 뜻하는 것이오?"

구조장의 표정이 변하고 움찔하는 것을 화운룡과 장하문을 봤지만 내색하지 않았다.

십절무황 화운룡과 나중에 무황십이신의 한 명이 될 신기서생에게 구조장은 이제 막 알을 깨고 나온 병아리 수준이다. 그것도 햇병아리.

"상납이라니… 말도 안 되는 소리요."

"상납을 제외한 모든 필요 경비는 유지비에 포함되오. 더 할 말 있소?"

구조장은 난감한 표정을 지었지만 그는 자신의 언변으로는 더 이상 어찌해 볼 방법이 없다는 것을 깨달았다.

사실 여러 지부와 분타를 두고 있는 본 파에서 최종적으로 요구하는 것은 상납, 즉 돈이다.

지부나 분타가 해야 할 일이 많지만 제일 중요한 것이 돈일 수밖에 없다.

상납이 있어야지만 본 파도 운영이 될 것이기 때문이다. 본 파가 거대하면 거대할수록 거기에 비례하여 많은 돈이 드는 것은 당연한 일이다.

그때 화운룡이 지나가는 말처럼 물었다.

"통천방의 누가 앞으로 태주분타를 담당하게 되오?"

"나요."

통상적으로 처음 분타를 만들러 오는 사람이 이후에도 분타를 담당하게 된다.

화운룡은 고개를 끄떡였다.

"귀하가 태주분타를 담당하는 동안 본 문은 매월 은자 천오백 냥을 따로 귀하에게 주겠소."

"……"

구조장의 눈이 휘둥그렇게 커졌다.

"그걸 어떻게 사용하든지 우린 상관하지 않겠소."

"정… 말이오?"

구조장이 현명하다면 매월 따로 받는 은자 천오백 냥 중에서 오백 냥을 자신이 갖고 천 냥을 통천방에 상납할 터이다.

미련하고 욕심스럽다면 천백 냥을 다 삼키겠지만 그런 자는 수명이 길지 못하다.

구조장이 전자를 선택하더라도 그의 한 달 녹봉이 은자 삼십 냥이라는 점을 감안한다면, 은자 오백 냥은 엄청난 액수였다.

오백 냥 중에서 절반은 자신이 갖고 나머지 이백오십 냥을 조원들에게 나누어준다고 해도 빈집에 황소가 들어가는 격이 될 터이다.

그리고 일개 분타에서 매월 은자 천 냥씩 통천방으로 꼬박꼬박 상납하는 분타는 통천방이 거느리고 있는 팔십여 개의 분타들 중에서 몇 군데 되지 않는다.

화운룡은 고개를 끄떡였다.

"정말이오."

"맙소사……."

구조장은 너무 놀라고 기쁜 나머지 벌떡 일어나 흥분을 감추지 못했다.

화운룡이 못을 박았다.

"그러나 문건에 기록하진 않겠소. 왜 그러는지는 귀하가 더 잘 알 것이오."

상납금을 문건에 기록으로 남길 수는 없다. 또한 기록으로 남기지 않아야지만 구조장이 올리는 상납금이 더욱 빛을 발할 것이다.

진검문 소문주 감중기와 일대일로 싸우기로 한 전날, 화운룡은 연공실에 거의 틀어박혀 있었다.

'미소단전이 세 개라……'

방금 운공조식을 마친 화운룡은 묘한 감회에 빠졌다.

며칠 전에 운공조식을 했을 때 단전에 일 년 남짓의 공력이 있다는 사실을 감지한 적이 있었다.

그때 그는 태자천심운을 시작한 지 불과 이십여 일 만에 일 년의 공력이 생긴 것을 보고 십절무황 때 지니고 있던 공력이 사라지지 않고 우화등선을 하는 과정에서 단전의 전벽 속에 갇혔을지도 모른다고 생각했었다.

그래서 태자천심운이 체내에서 작동되고 있는 중에 공력의 최소 단위인 미소단전 하나가 허물어져서 갇혀 있던 일 년의 공력이 흘러나왔을 것이라고도 추측했다.

그의 추측이 맞는다면 앞으로 이십 일 후에는 또 하나의 전벽이 허물어져서 이 년 공력이 생길지 모른다고 조심스럽게 예상했다.

그런데 방금 그는 단전에 삼 년 공력이 모여 있는 것을 분명히 확인했다.

이십 일이 지나야지만 또 하나의 전벽이 무너져서 일 년 공력이 더 생길 것이라고 예상했는데 불과 열흘 만에 이 년 공력이 더 생긴 것이다.

전벽이 무너지는 속도가 처음에 비해서 많이 빨라졌다.

이런 식이라면 잘하면 한 달 사이에 십 년 공력을 회복할지도 모르겠다.

다른 사람들하고는 달리 화운룡에게 십 년 공력이란 대단한 의미를 갖는 것이다.

또한 다른 사람들은 십 년 공력을 우습게 생각할지 몰라도 공력을 어떻게 사용해야 하는지 알고 있는 사람에게는 삼 년 공력도 대단했다.

第二章

값진 승리

해남비룡문 바깥 연무장에 인파가 구름처럼 모여들었다.

오늘은 아직도 태주현의 개망나니 잡룡이라고 소문이 파다한 화운룡과 진검문의 소문주 진검위룡 감중기가 대결을 펼치는 날이다.

마침내 정오가 되어, 위아래 산뜻한 백의 경장 차림의 준수한 화운룡은 해남비룡문 대연무장 한가운데 왼손에 목검을 쥐고 우뚝 섰다.

오늘 대결은 목검으로 승부를 내기로 했다.

화운룡의 맞은편 다섯 걸음 거리에는 비단 청의 경장을 입은 감중기가 옷자락을 나부끼며 서 있었다.

화운룡은 담담한 표정이고 감중기는 자신만만한 표정에 미소를 머금고 있었다.

두 사람 뒤쪽에는 각각 해남비룡문과 진검문 사람들이 모여 서 있으며, 양쪽에는 태주현의 구경꾼 이백여 명 이상이 운집해 있었다.

화운룡 측에서는 그냥 양쪽 문파 사람들만 지켜보는 가운데 대결하기를 원했으나 감중기 측에서 전문을 개방하여 누구라도 다 보도록 하자고 강경하게 주장했다.

감중기는 자신이 화운룡을 무참하게 패배시키는 광경을 한 명이라도 더 많은 사람에게 보여주고 싶었다.

그래서 자신의 주가를 올리고 반대로 화운룡에게 씻지 못할 창피를 주려는 것이다.

태주현에서 가장 반듯한 청년 감중기와 최악의 개망나니 잡룡 화운룡의 일대일 대결은 중원 최대의 명절인 춘절(春節)보다 더 인기가 많았다.

"내기를 하는 것이 어떠냐?"

감중기가 침묵을 깨고 느닷없이 말했지만 화운룡은 예상하고 있던 터라서 동요하지 않았다.

"말해라."

감중기가 무슨 내기를 하려는지 짐작하고 있지만 일단 그렇게 물어보았다.

감중기는 턱으로 화운룡 뒤쪽을 가리켰다.

"네가 패하면 조 낭자와의 정혼을 파기해라."

화운룡 뒤 다섯 걸음에는 아버지를 비롯한 가족들과 장하문, 벽상, 그리고 숙빈과 그녀의 부친 조무철이 서 있었다.

숙빈은 감중기의 말에 기분이 틀어져서 싸늘한 표정으로 그를 노려보았지만 아무 말도 하지 않았다.

하지만 그녀는 화운룡이 그의 제안을 단호하게 거절할 것이라고 믿었다. 받아들일 이유가 없기 때문이다.

감중기는 화운룡이 대답을 하지 않자 그를 화나게 하려고 일부러 비웃었다.

"하하! 겁이 나느냐?"

거기에 말려들 화운룡이 아니다. 그는 피식 입술 끝으로만 웃었다.

"받아들이겠다."

화운룡이 너무 쉽게 받아들이자 감중기는 '어?' 하는 표정을 지었다.

감중기가 봤을 때 그건 화운룡이 숙빈을 포기한다는 뜻이나 마찬가지다. 화운룡이 대결에서 패할 것이 불을 보듯 분명하기 때문이다.

또한 화운룡 뒤쪽이나 감중기 뒤쪽의 양쪽 문파 사람들, 그리고 구경꾼들 속에서도 '와아!' 하는 탄성이 터져 나왔다.

일이 점점 더 흥미진진해지고 있다.

그러나 누구보다 놀란 사람은 숙빈이었다.

그녀는 화운룡이 자신을 이처럼 간단하게 포기할 줄은 예상하지 못했다.

그녀 역시 이 대결에서 화운룡이 이길 확률이 채 일 푼도 되지 않는다고 믿기 때문이다.

얼마 전까지의 그녀는 자신과 화운룡의 정혼을 수치스럽게 여겼지만 근래 들어서 그 생각이 많이 변했다. 아직 화운룡을 사랑하는 단계까지는 아니더라도 그를 조금쯤은 좋아하게 된 것이다.

물론 감중기 같은 위인에게 시집을 가느니 화운룡이 백번 낫다는 생각에는 변함이 없다.

더구나 숙빈은 화운룡에게 명숙절학 중 기절검법과 기천심공을 받았다.

숙빈은 처음에 그것들이 명숙절학이라는 말을 듣고 반신반의했으나 집으로 돌아가서 기천심공과 기절검법을 익히기 시작하면서 의심이 씻은 듯이 사라졌다.

아직 기천심공과 기절검법의 천분의 일도 연마하지 못한 상태지만 그녀가 보기에 이 하나의 심공과 하나의 검법은 천하제일심공과 천하제일검법인 것만 같았다.

그 정도로 굉장했다. 오늘도 화운룡과 감중기의 대결만 아니었다면 집에서 기천심공과 기절검법을 연마하느라 식음을 전폐하고 있을 그녀였다.

숙빈이 기천심공과 기절검법을 만난 것은 기적이고 운명적이라고 말할 수 있을 정도다.

그 기적과 운명을 화운룡이 만들어주었다. 그러므로 숙빈이 그를 어떻게 생각할지는 미루어 짐작할 수가 있을 터이다.

"용 오라버니!"

숙빈이 날카롭게 소리쳤으나 화운룡은 미동도 하지 않았다.

대신 감중기를 응시하며 조용한 목소리로 말했다.

"네가 패하면 진검문을 받겠다."

"……"

화운룡의 목소리는 조용했지만 또렷해서 양가 사람들이 들을 수 있었다.

사실 화운룡은 감중기가 내기를 하자고 제의할 것이라 짐작했다. 그래서 감중기에게는 진검문을 걸라고 말했다.

화운룡에겐 계산이 서 있었다. 진검문을 해남비룡문에 흡수하면 덩치나 세력, 힘이 커질 것이다.

그러면 창혼부를 비롯한 녹림 무리의 습격에 노심초사하지 않아도 된다는 생각이다.

화운룡이 그런 제안을 할 줄 예상하지 못했던 감중기는 일순 어이없는 표정을 지었다.

화운룡은 조금 전 감중기가 했던 말을 돌려주었다.

"겁이 나느냐?"

"너 이 자식……!"

"어서 너의 부친께 물어봐라."

나는 내 스스로 결정했지만 너는 철부지니까 아버지에게 물어보라는 의미가 다분했다.

감중기는 설마 화운룡이 그런 요구를 할 줄은 꿈에도 예상하지 못했다.

감중기뿐만 아니라 피아를 막론하고 모두들 어이없고 놀라서 웅성거렸다.

제아무리 화운룡이 감중기의 적수가 아니라고 해도 일이 이쯤 되니 감중기 혼자서 결정할 문제가 아니다.

그는 즉답하지 못하고 뒤쪽에 서 있는 부친 감형언(坎炯彦)을 돌아보았다.

감형언은 슬쩍 미간을 좁혔다. 화운룡에 대한 형편없는 소문은 그도 잘 알고 있는 터였다.

그래서 그가 감중기와의 일대일 대결에서 이길 것이라는 생각은 터럭만큼도 하지 않았다.

하지만 화운룡이 정혼녀 숙빈과의 파혼을 너무도 쉽게 결정했으며 자신의 조건으로 진검문을 달라고 한 것이 아무래도 께름칙했다.

"아버지."

감형언이 아무 응답이 없자 감중기가 나직한 목소리로 그를 재촉했다.

감중기는 이미 마음의 결정을 내렸다. 이 대결에서 무조건이길 테니까 진검문이고 뭐고 화운룡이 요구하는 대로 다 걸어도 된다는 것이다.

감형언은 퍼뜩 정신을 차렸다. 그는 자신이 별것 아닌 일을 지나칠 만큼 심각하게 받아들이고 있다는 사실을 부끄럽게 여기고 감중기에게 얼른 고개를 끄덕였다.

감중기는 다시 화운룡을 보면서 거들먹거렸다.

"조 낭자와 진검문은 무게가 지나치게 차이가 난다. 너도 해남비룡문을 걸어라."

교활한 그는 잠깐 동안 다른 생각을 한 것이다.

"해남비룡문에는 해룡상단도 포함된다."

감중기의 속셈은 해룡상단이다. 빈껍데기만 남은 해남비룡문 따윈 거저 준다고 해도 갖고 싶지 않지만, 해룡상단은 태주현의 제일 거부이니까 이 기회에 잘만 하면 거저먹을 수 있지 않을까 수작을 부려보는 것이다.

감중기의 난데없는 요구에 화운룡 가족과 숙빈 부녀는 적같이 놀라고 긴장했다.

하지만 그들은 화운룡이 천치가 아닌 이상 그런 요구는 받아들일 리 만무하다고 짐작했다.

화운룡은 일부러 고민하는 체하면서 투덜거렸다.

"이봐, 감중기. 너는 조건이 너무 한쪽으로 기운다고 생각하지 않느냐?"

감중기는 화운룡의 말이 타당하다고 생각했다. 화운룡 쪽은 숙빈에 해남비룡문과 해룡상단이지만 감중기는 진검문 하나만 달랑 걸었으니 아무래도 형평의 문제가 있다.

형평에 맞게 하려면 감중기 쪽에서도 사업체와 사람을, 그것도 여자를 걸어야만 모양새가 맞다.

감중기는 서슴없이 고개를 끄떡였다.

"좋다. 나는 본 문이 경영하는 사업들과 내 여동생을 걸겠다. 이 정도면 어떠냐?"

그러자 감중기의 부친 감형언는 안색이 가볍게 변했으며 그 옆에 서 있는 여동생 감도도(坎途桃)는 화들짝 놀라 소리쳤다.

"오라버니!"

그때 감형언이 나직이 속삭이며 딸을 달랬다.

"도도야, 너는 설마 네 오라버니가 저 개망나니에게 패할 것 같으냐?"

아버지의 위로의 말은 즉각 효력을 나타냈다. 십팔 세의 말괄량이 감도도는 감중기가 화운룡에게 패할 것이라는 사실보다는 장강이 거꾸로 흐른다는 쪽을 믿는 편이 쉬울 것이라고 생각했다.

감형언은 감중기가 내기 조건에 해룡상단을 포함시킨 것을 매우 흡족하게 생각했다.

오늘 잘하면 하루에 무려 은자 이만 냥을 벌어들인다는 알짜배기 해룡상단을 꿀꺽 삼킬 수 있게 된다.

그렇기 때문에 감중기가 손안에 구슬 같은 귀염둥이 장중주(掌中珠) 딸내미를 내기에 포함시켰어도 오히려 딸을 위로할 수 있었다.

"어떠냐? 이제 됐느냐?"

감중기가 으스대는데도 웬일인지 화운룡은 마뜩지 않은 표정을 지었다.

감중기와 감형언으로서는 어쩌다 보니까 숙빈이 문제가 아니라 해룡상단을 삼키느냐 마느냐가 걸린 일이 돼버려서 똥줄이 바짝 다들어갔다.

애가 타기는 감중기보다 감형언이 더했다. 해룡상단을 먹기만 한다면 그렇지 않아도 최악의 재정 상태인 진검문은 하루아침에 팔자가 펴질 것이다.

그래서 그는 머뭇거리고 있는 화운룡을 꼬드길 미끼 하나를 툭 던졌다.

"중기야, 네가 일 초를 양보하면 어떻겠느냐?"

평소 태주현에서 정의롭고 불의를 보면 참지 못한다는 감형언이지만 해룡상단이라는 탐스러운 먹이 앞에서는 잠시 이성을 잃고 말았다.

감중기는 부친의 제안에 그까짓 거 아무렇지 않다는 얼굴로 고개를 끄떡였다.

"화운룡, 네가 최초의 공격을 할 때 내가 반격하지 않는 것으로 하면 되겠느냐?"

화운룡은 회심의 미소를 지었다. 여기까지 그가 작전을 짠 대로 한 치의 오차도 없이 착착 진행되었다.

화명승을 비롯한 해남비룡문 가족들의 눈에는 감중기와 감형언 부자의 야욕이 눈에 훤하게 보였다.

그렇지만 아버지 화명승이 아무 말도 하지 않고 있어서 누구도 입을 열지 않았다.

화명승은 조금 전에 옆에 서 있는 장하문이 은밀하게 속삭여준 말을 굳게 믿었다.

"걱정하지 마십시오, 문주. 주군께서 이기실 것입니다."

감중기는 숙빈과 해룡상단을 손에 넣는다는 생각에 쥐고 있던 자신의 목검을 허리춤에 꽂았다.

"자! 나는 네가 일 초를 공격할 때까지 절대로 목검을 뽑지 않겠다!"

그러자 구경꾼들이 '와아!' 하고 함성을 지르면서 그의 사내다움과 호기로움을 칭찬했다.

화운룡은 한참 고민 끝에 결정을 내렸다.

"좋다. 받아들이겠다."

"하하하! 과연 용기가 있구나!"

감중기는 고개를 끄덕이며 호탕하게 웃었다.

감형언의 얼굴도 환하게 펴졌다. 그는 해룡상단이 벌써 자신들의 것이 된 것 같은 기분이 들었다.

감중기는 이미 내심으로 계산이 섰다. 아니, 계산이고 나발이고 없다.

화운룡이 공격을 하면 가볍게 슬쩍 피한 후에 재빨리 목검을 뽑아 놈의 골통을 때려서 박살 내줄 것이다.

죽이면 귀찮아질 테니까 몇 달 침상에 누워 있을 정도로 대갈통을 으깨어주면 될 것이다.

감형언은 이미 얼굴에 웃음이 가득했다. 해룡상단을 통째로 얻게 되다니 이게 꿈인지 생시인지 모르겠다.

더구나 덤으로 숙빈을 며느리로 얻으면 형산은월문하고는 사돈지간이 되니까 진검문의 세력은 그야말로 호랑이에 날개를 다는 격이다.

조금 전까지만 해도 자신을 내기로 걸었다고 화를 냈던 감도도는 이제야 사태를 짐작하고 부친을 보면서 눈을 반짝이며 물었다.

"아버지, 그럼 우리 이제 고생 끝나는 건가요?"

감형언은 딸의 머리를 쓰다듬으며 미소 지었다.

"그렇단다."

그때 감중기가 두 팔을 벌렸다.

"자, 공격해라!"

화운룡은 왼손의 목검을 오른손으로 바꿔서 잡고 천천히 머리 위로 쳐들었다.

누가 봐도 어설프기 짝이 없는 자세라서 감중기 쪽과 구경꾼들은 비웃는 표정을 지었다.

감중기는 빙글빙글 웃으면서 어서 공격하라고 손까지 까딱거렸다.

*　　　　　　*　　　　　　*

화운룡의 귀에 장하문의 전음이 전해졌다.

[주군, 구경꾼들 속에서 통천방 구조장이 보고 있습니다.]

화운룡은 통천방 구조장이 태주현을 떠들썩하게 만든 이 대결에 당연히 올 것이라고 예상했다.

구조장하고 얘기는 다 끝났지만 그는 화운룡이라는 사람에 대해서 더 알고 싶어 할 것이다.

며칠 전에 구조장이 해남비룡문에 찾아와서 화운룡을 직접 만나 대화를 했을 때, 그는 화운룡이라는 존재가 개망나니에 잡룡이라는 태주현의 소문하고는 크게 다르다는 사실을 깨달았을 것이다.

그런데 오늘 만약 화운룡이 감중기를 이기기라도 하면 구조장은 이후 화운룡을 크게 경계하게 될 터이다.

그렇기 때문에 화운룡은 감중기를 이기기는 이기되 매우 어렵게 가까스로 이기는 광경을 연출해야만 한다.

장하문의 전음을 들은 화운룡은 구조장을 찾아보려고 두리번거리는 짓 따위는 하지 않았다.

또한 그는 긴장 같은 것도 하지 않았다. 그에게는 삼 년의 공력이 있으며 청룡전광검 일초식 삼변까지 완벽하게 터득했기 때문에 걱정 따위 하지 않았다.

감중기의 공력이 삼십 년이지만 그는 공력의 정밀한 활용도에 대해서 모르고 있을 테니 십 년 공력처럼 사용할 것이다.

반면에 화운룡은 삼 년 공력을 삼백 년 공력처럼 사용할 터이니 그 점이 크게 달랐다.

그래도 방심할 수 없다. 감중기는 진검문 이인자다.

화운룡은 감중기를 쏘아보았다.

감중기가 방심하고 있는 게 분명하지만 완벽을 기하기 위해서 그가 방심에 방심을 더할 때 공격하는 것이 좋다. 이를테면 시선이 다른 곳을 향할 때다.

화운룡은 튀어 나갈 모든 준비를 끝내고 기다렸지만 다른 사람들의 눈에는 머뭇거리는 것처럼 보였다.

그때 감중기가 기다리기 지루한지 화운룡을 쳐다보고 있던 시선이 슬쩍 옆으로 흘러 그 뒤에 서 있는 숙빈에게 향했다.

'기다려라, 숙빈. 잠시 후면 너는……'

그 순간 화운룡이 앞으로 엎어질 것처럼 전속력으로 튀어 나갔다.

타앗!

감중기는 자신이 잠깐 한눈파는 사이에 느닷없이 짓쳐 오는 화운룡을 보며 움찔했다.

"엇?"

그러나 자신을 향해 어리석을 정도로 곧장 짓쳐 오는 화운룡의 공격 따윈 눈을 감고서도 피할 수 있을 것 같았다.

'훗! 병신 같은 놈.'

감중기는 보법을 밟을 필요도 없이 재빨리 왼쪽으로 두 걸음 옮기면서 가볍게 피하려고 했다.

화운룡이 저처럼 저돌적으로 돌진하는 기세로 봐서는 절대로 중간에 멈추거나 방향을 바꾸지 못할 테니까 측면으로 돌아가서 피하면서 목검으로 머리통을 갈긴다면 대결은 간단하게 끝날 터이다.

그런데 감중기가 옆으로 피하면서 허리춤에 꽂았던 목검에 손을 대려고 할 때, 갑자기 돌진하던 화운룡이 방향을 바꾸는가 싶더니 머리 위로 쳐들었던 목검을 오른쪽 옆으로 비스듬히 내려쳤다.

이것이 바로 청룡전광검 일초식 제일변이며 삼 년 공력을 모조리 쏟아냈기에 속도가 전광석화 같았다.

쉬익!

"······."

감중기는 움찔 놀라서 다급하게 철판교(鐵板橋)의 수법으로 상체를 뒤로 벌러덩 눕히면서 발뒤꿈치를 땅에 붙인 채 그걸 축으로 삼아 빙글 화운룡의 측면으로 돌아가며 재빨리 목검을 뽑았다.

그런데 화운룡의 목검에 눈이 달린 것처럼 중간에서 방향이 꺾이더니 여전히 감중기의 머리통을 노려왔다.

청룡전광검 일초식 제이변.

"으헛!"

소스라치게 놀란 감중기는 반원을 그리며 돌아가던 기세를 이용하여 땅바닥에 몸을 내던지고 데굴데굴 마구 굴렀다.

대결에서 게으른 당나귀가 땅바닥을 구른다는 뇌려타곤(懶

驢陀坤)을 전개하는 것은 패하는 것만큼 부끄러운 일이지만 지금 상황으로는 어쩔 수가 없었다.

'이놈의 새끼!'

분노에 차서 맹렬하게 세 바퀴를 구른 직후 감중기는 목검을 움켜쥐고 튕기듯 벌떡 몸을 일으켰다.

화운룡을 혼절만 시키겠다는 조금 전의 생각이 이제는 죽여 버리고 말겠다는 각오로 바뀌었다.

위이잉!

그러나 미리 기다리고 있던 화운룡의 목검이 벌떡 일어서고 있는 감중기의 이마빼기 한복판을 정통으로 후려갈겼다.

빡!

"끄악!"

청룡전광검 일초식 제삼변.

감중기는 아픔이나 고통 같은 것도 느끼지 못했다. 단지 눈앞이 캄캄해지면서 그 순간 정신을 잃어버렸다.

털썩!

이미 정신을 잃은 감중기는 흙먼지를 일으키며 쓰러졌다.

연무장에는 고요한 적막이 감돌았다.

잠시 후 화운룡의 셋째 여동생 화지연이 비명처럼 외쳤다.

"꺄아악! 오라버니가 이겼어! 만세—!"

그리고 진검문주 감형언과 그의 딸 감도도가 차례로 그 자리에 털썩 주저앉았다.

화운룡과 감중기 쪽 어느 누구도 환호하지 않았으며, 구경꾼들도 소리를 지르지 않았다.

너무나 큰 이변이 모두를 혼비백산하게 만들었기 때문이다.

태주현 전체가 온통 하나의 소문 때문에 들쑤셔 놓은 것처럼 떠들썩했다.

태주현에서 형산은월문과 제일문파 자리를 놓고 쌍벽을 이루면서 다투던 진검문이 문파로서는 무도관 수준에도 미치지 못하는 해남비룡문에 잡아먹혔다는 사실이다.

뿐만 아니라 진검문이 운영하던 몇 개의 자그마한 가업들이 해룡상단에 모두 흡수되었다.

그리고 그 후로도 오랫동안 태주현 사람들에게 회자된 이야기는 진검문의 말괄량이 소문주 감도도가 화운룡의 하녀가 됐다는 사실이다.

또한 진검문 소문주 감중기는 의식불명 상태지만 생명에는 지장이 없다고 한다.

진검문은 하루아침에 몰락했다.

화운룡과 감중기의 대결을 많은 구경꾼이 지켜보고 있었으며, 내기를 하자고 먼저 제안한 것도 감중기였기 때문에 진검문주 감형언으로서는 약속을 지킬 수밖에 없었다.

태주현의 작은 기적의 역사가 해남비룡문에서 조용히 시작되고 있었다.

                    *   *   *

해남비룡문 본채인 운영각 대전에는 여러 사람이 모여 있었다.

단상의 커다란 의자에는 해남비룡문주 화명승이 떡하니 의젓하게 앉아 있으며 좌우에는 장하문과 총관 반도정이 우뚝 서 있었다.

그리고 단하의 양쪽에는 새로 사범이 된 차도익과 화문영이 경장 무복 차림으로 서 있었다.

장하문을 제외한 화명승과 반도정, 차도익, 화문영은 몹시 긴장했으나 장하문이 가르쳐 준 복식호흡을 하면서 긴장이 많이 가라앉았다.

단하에는 진검문주 감형언을 비롯한 총관과 당주 다섯 명이 단상을 향해 나란히 서서 도열한 모습이다.

감형언 이하 진검문 사람들은 하나같이 비참한 표정이며 죽지 못해서 살아 있는 듯한 표정을 지었다.

진검문의 모든 것을 송두리째 두 손으로 갖다 바치고 이제 처분만 기다리는 상황이라서 그들의 얼굴에서는 절망 외에는 찾아볼 수가 없었다.

이윽고 침묵을 깨고 화명승이 입을 열었다.

"우선 내 의견을 말하겠다."

화명승은 하대를 했다.

물론 그의 의견이 아니라 장하문이 제의한 것이고 화명승은 무조건 따르겠다고 고개를 끄떡였다.

감형언 등은 죄인이 된 듯한 참담한 심정으로 칼자루를 쥐고 있는 화명승을 쳐다보았다.

어제까지만 해도 감형언이 무인으로 취급하지도 않았던 장사꾼 화명승은 짧고 검은 수염을 쓰다듬으며 의젓하게 입을 열었다.

"감형언을 본 문의 총전주(總殿主)로, 채오(蔡梧) 이하 다섯 명을 본 문의 어엿한 전주(殿主)로 임명하겠다."

감형언 등의 얼굴이 일그러졌다. 어제까지만 해도 진검문주였던 감형언이 총전주로, 총관 채오는 일개 전주로 격하되는 것이며, 다른 다섯 명은 당주에서 전주로 임명되었다.

더구나 감형언 등이 알기로는 '해남비룡문에 '전(殿)'이라는 부서는 원래 없었다.

해남비룡문의 문하 제자라고 해봐야 겨우 이십여 명 남짓 있는데 그나마 그들은 모조리 해룡상단의 호위무사로 나가 있기 때문에 텅텅 빈 해남비룡문에 '전' 같은 것이 존재할 리가 만무하다. 더구나 진검문에서는 '당'이던 것이 해남비룡문에서는 '전'으로 둔갑을 했다.

그런데도 화명승이 태연하게 감형언 등을 총전주와 여섯 개 전주로 임명하자 그들의 비참함은 더욱 가중되었다. 유령 총전주와 유령 전주가 된 기분이었기 때문이다.

그러나 화명승은 그들의 심정 같은 것은 개의치 않고 엄숙한 목소리로 말을 이었다.

"총전주와 전주들은 본 문 총관과 양대사범 아래 지위이며, 전 아래에는 단(壇)을 두고 진검문의 문하 제자 백이십여 명을 모두 여섯 개 전과 십이 개 단에 배치하겠다."

감형언 등은 만면에 일그러진 표정에 어이없는 표정을 하나 더 얹으며 화명승을 쳐다보았다.

진검문의 당 아래에는 부서가 없다. 전체 문하 제자 백이십여 명이 다섯 개 당에 이십사오 명씩 속해 있으며 그 수를 더 쪼갤 수가 없기 때문이다.

그런데 백이십 명, 아니, 몇 걸음 양보해서 해남비룡문의 이십여 명 문하 제자까지 포함하여 백사십여 명이라고 하자. 그 수를 여섯 개 전으로 나누면 각 전에 이십삼 명꼴인데 일개 전에 배속된 인원으로는 턱없이 부족하다. 통상적으로 '전'이라고 하면 아무리 적어도 오십 명이 기본이다.

그런데 이십삼 명짜리 전 아래에 두 개씩의 단을 두면 각

단에 고작 십일, 이 명 남짓이라는 얘기다.

일개 조(組)도 아니고 명색이 단인데 십여 명 남짓을 배치한다는 것은 어느 문파에도 없는 일이다.

그러나 화명승은 눈이 없어서 감형언 등의 표정을 보지 못하는지 자기 할 말만 이어나갔다.

"오늘부터 총전주 이하 전원 본 문에서 거주하고 생활할 것이며, 녹봉은 총전주가 은자 삼백 냥, 당주들은 백 냥씩으로 정하겠다."

"……"

이 부분에서 감형언을 비롯한 여섯 명은 뒤통수를 한 대 얻어맞은 것처럼 멍한 표정을 지었다.

진검문은 몇 개의 자그마한 가업을 운영하고 있지만 늘 재정 상태가 좋지 않아서 여기저기 돈을 꾸어다가 충당하여 현재는 무거운 빚더미에 올라앉아 있는 형편이다.

그래서 감형언, 감중기 부자가 그토록 해룡상단에 군침을 흘렸던 것이다.

조금 전까지 진검문 총당주였던 채오의 녹봉은 은자 삼십 냥이고 당주들은 열닷 냥인데 그나마도 제대로 받아본 적이 몇 년 전인지 까마득했다.

더구나 근래 들어서는 몇 달째 녹봉을 받지 못해서 생활이 빈궁하기 짝이 없었다.

그러기는 문주인 감형언도 마찬가지였다. 그는 문하 제자들 녹봉도 챙겨주지 못하는 상황에 자기들만 호의호식할 만큼 파렴치한이 아니었다.

그의 가족이 실제로 생활에 쓰는 돈은 한 달에 고작 은자 열 냥이 고작이었다.

그것도 총당주나 당주들에 비해서는 나름 풍족한 편이라서 사실 그들에게 눈치가 많이 보였다.

그런데 방금 화명승의 말로는 총전주의 녹봉이 은자 삼백 냥이라고 했다.

삼백 냥이면 감형언이 한 달 생활비로 쓰던 열 냥의 정확히 삼십 배다.

또한 방금 전에 전주로 임명된 여섯 명의 당주들 녹봉이 은자 백 냥이라니, 실로 어마어마한 금액이다.

당장 그 돈을 받아서 마누라에게 갖다 주면 꿈인지 생시인지 너무 기뻐서 울음을 터뜨릴 게 분명하다.

감형언 이하 여섯 명은 녹봉 얘기를 듣고는 방금 전까지 맛보았던 수치심 같은 것을 잠시나마 망각해 버렸다.

기왕지사 말이 났으니 말이지 세상 사는 게 다 먹고살자고 하는 짓이다.

그런데 허구한 날 찢어지게 가난하게 살다가 이제 돈을 펑펑 쓰게 됐으니 이것이 쥐구멍에 볕 들었다는 것이 아니고 또 무엇이겠는가.

"단주 녹봉은 은자 삼십 냥이고 각 무사들은 차등을 주어 최하 열 냥에서 최고 이십 냥으로 정하겠다."

진검문 문하 제자들의 녹봉은 은자 석 냥이었는데 그들 역시 제대로 받아본 적이 까마득했다.

해남비룡문은 돈을 펑펑 벌어들이는 해룡상단이 있으므로 새로 해남비룡문 사람이 되는 진검문 사람들에게 녹봉이 밀릴 일은 결단코 없을 것이다.

감형언의 표정이 복잡해졌다. 진검문이 해체되어 해남비룡문에 흡수됐지만, 오히려 그로 인해서 자신을 비롯한 문하 제자 모두의 생활이 이제부터는 윤택해질 것이라는 사실이 그의 마음을 착잡하고도 야릇하게 만들었다.

화명승은 감형언 등의 표정을 보면서 흐뭇한 미소를 지었다.

이 모든 것을 장하문이 가르쳐 주었다. 그리고 마지막에 무슨 말을 할지도 일러주었다.

"해남비룡문에 머물기 싫은 사람은 떠나도 좋다."

감형언을 비롯한 여섯 명은 흠칫했다. 진검문을 송두리째 해남비룡문에 바치는 것이 약속이었는데 머물기 싫은 사람은 떠나도 좋다는 것이다.

그렇다면 감형언을 비롯한 이들과 문하 제자 전원이 해남비룡문을 떠나면 그만이다.

그러고 나서 문파를 재개파하여 이름을 다시 진검문이라고 짓는다면 원래 그대로가 되는 것이다.

감형언은 얼굴이 밝아져서 총관 채오를 쳐다보았다. 채오는 보일 듯 말 듯 고개를 끄떡였다. 무조건 감형언의 의견에 동조한다는 것이다.

그렇지만 감형언과 채오는 다섯 명의 당주를 쳐다보다가 얼굴이 흐려졌다.

당주들의 얼굴에 떠올라 있는 표정은 누가 보더라도 진한 갈등이었다.

그들이 갈등하는 것을 발견한 감형언은 가슴이 철렁 내려앉았다. 왜 갈등하는지 알았기 때문이다.

당주들은 배고픈 지조냐, 풍족한 배신이냐를 놓고 갈등하는 것이 분명했다.

정신이 올바른 지도자라면 이쯤에서 수하들을 자유롭게 놔줘야 정상이다.

이런 상황에서도 우리 함께 주린 배를 움켜잡고 열심히 손가락을 빨면서 끝까지 버텨보자, 라고 말하는 자는 정신 나간 지도자다.

감형언은 정신이 올바른 지도자다.

결과적으로 감형언을 비롯한 진검문 휘하 전원이 해남비룡문에 흡수되기를 원하는 것으로 매듭지어졌다.

화명승은 장하문이 예상한 대로 한 치의 오차도 없이 진행되고 끝난 것을 보고 새삼 신기서생의 능력에 감탄했다.

화명승을 비롯한 가족들은 당장 죽는다고 해도 여한이 없을 정도로 기쁘고 감격했다.

말하자면 다람쥐가 늑대를 삼킨 것이다.

화운룡은 진검문을 흡수하고 재정비하는 일을 일체 장하문에게 맡기고 자신은 운룡재 서재에 틀어박혀서 새로운 심공법(心功法) 창안에 몰두해 있었다.

비룡운검을 전개하기 위해서는 거기에 최대한 적합한 심공법이 필요하다는 것이 그의 생각이다.

현재 해남비룡문은 독자적인 심법 없이 해남검파의 기초심법인 청파심법(淸波心法)이라는 것을 차용해서 사용하고 있는 실정이다.

지난날에 화성덕이 어떻게든 비룡운검을 만들기는 했지만 그보다 몇 배 어려운 심법까지는 손댈 엄두를 내지 못했기 때문이다.

第三章

십절신공(十絶神功)

　화운룡이 전중을 데리고 청호방에 나타났다.

　불시에 들이닥친 화운룡 앞에 청호리는 무릎을 꿇은 채 고개를 푹 숙이고 있었다.

　청호리는 창혼부가 해남비룡문을 습격할 것이라는 사실을 알면서도 화운룡에게 알리지 않은 죄를 지었다.

　그는 해남비룡문이 창혼부에 몰살될 것이라고 예상했는데, 어찌 된 일인지 창혼부는 빈손으로 돌아갔으며 지금 화운룡이 청호방에 들이닥친 것이다.

　만약 막화가 이른 새벽에 창혼부의 습격을 화운룡에게 알

려주지 않았다면 해남비룡문은 꼼짝도 못하고 화를 당하고
말았을 것이다.

"소문주, 사실 나는……."

"죽여라."

"……."

우뚝 선 채 청호리를 굽어보는 화운룡이 차가운 얼굴로 나
직이 중얼거렸다.

청호리가 놀란 표정으로 고개를 드는데 전중이 어느새 검
을 뽑아 청호리의 심장을 찔렀다.

푹!

"끅……."

실내에 있던 막화는 움찔 놀랐고, 또 다른 하오배 한 명은
크게 놀라 비명을 질렀다.

"우왁!"

화운룡은 살인을 좋아하지 않는다. 아니, 오히려 될 수 있
으면 살인을 하지 않으려고 노력하는 사람이다.

하지만 청호리는 죽어 마땅한 인간이었다. 그를 살려둔다면
이후 해남비룡문에 해가 되면 됐지 눈곱만큼도 이득이 되지
않을 것이다.

더구나 청호리는 화운룡이 한 번 용서해 주었음에도 불구
하고 그를 배신했다. 그리고 그 배신으로 말미암아 해남비룡

문은 멸문할 뻔했다.

　그런 우를 다시 범하지 않으려면 청호리를 죽이는 것이 가
장 현명한 방법이었다.

　전중이 검을 뽑자 청호리의 심장에서 피가 푹! 하고 분수처
럼 뿜어졌다.

　"끄으으……."

　청호리는 왼쪽 가슴을 두 손으로 움켜잡고는 무슨 말을 하
려고 입을 벙긋거리다가 스르르 앞으로 쓰러졌다.

　쿵!

　그러고는 갓 잡아 올린 물고기처럼 온몸을 부들부들 떠는
가 싶더니 잠시 후에 잠잠해졌다.

　화운룡은 차가웠던 표정을 부드럽게 바꾸고 막화를 쳐다보
며 물었다.

　"화야, 청호방의 두 번째 신분이 누구냐?"

　냉정한 표정을 되찾은 막화는 눈을 부릅뜬 채 놀라고 있는
하오배를 가리켰다.

　"이 사람이 부방주입니다."

　"이름이 뭐냐?"

　"허억!"

　부방주는 소스라치게 놀라서 그 자리에 급히 무릎을 꿇었
다.

"사… 살려주십시오."

전중이 날카롭게 윽박질렀다.

"이름이 뭐냐?"

"타… 탁목조(啄木鳥)입니다……."

탁목조란 딱따구리를 가리킨다. 그러고 보니까 부방주라는 사내의 외모는 딱따구리를 많이 닮았다.

화운룡은 고개를 끄떡였다.

"지금부터 네가 방주다."

"네에?"

"지금부터 내가 하는 말을 잘 들어라."

"무슨 말씀을……."

"청호방이 할 일을 일러주겠다."

"아… 마, 말씀하십시오."

탁목조는 이마를 바닥에 댔다.

화운룡은 일각에 걸쳐서 신임 방주가 된 탁목조에게 앞으로 할 일에 대해서 설명했다.

이제부터 청호방이 해남비룡문의 눈과 귀가 되어야 한다는 것이 설명의 요지였다.

그것이 무엇이 됐든지 간에 해남비룡문에 대해서라면 뭐든지 정보를 수집하라는 것이다.

또 화운룡은 앞으로 청호방에 매월 은자 천 냥씩 지급할 테니까 명령한 일에 전력을 기울이라는 다짐을 주었다.

그의 말이 끝나자 탁목조가 눈치를 살피면서 말했다.

"저… 방의 이름을 탁목방(啄木幇)으로 바꾸도록 허락해 주십시오."

"그렇게 해라."

탁목조가 방주가 됐으니까 방명을 탁목방으로 바꾼다는 것이다.

화운룡은 탁목방 밖으로 따라 나온 막화에게 말했다.

"너를 본 문으로 부르고 싶지만 조금만 참아라. 네가 탁목방을 지켜봐야 한다."

"알고 있습니다."

"너에게 따로 녹봉을 주겠다."

막화는 깜짝 놀라 손을 저었다.

"그러지 않으셔도……."

"돈 걱정을 하지 않아야 일을 잘한다."

그건 화운룡 말이 백번 옳다. 생활고에 쪼들리는 자들이 딴 생각을 품는 경우가 왕왕 있다.

얼굴을 가리려고 방갓을 깊게 눌러쓴 화운룡은 전중과 함께 해남비룡문으로 돌아가고 있다.

화운룡이 방갓으로 얼굴을 가린 이유는 감중기와의 일대일 대결에서 승리한 이후 그가 얼굴을 드러내 놓고 태주현 내를 돌아다니지 못할 정도로 사람들의 시선과 관심이 뜨겁기 때문이다.

"단천검법은 진전이 있느냐?"

전중은 부끄러움에 얼굴을 붉혔다.

"아주 느립니다. 속하가 우둔해서……."

"나는 삼십 년을 보고 있다."

"……."

"네가 단천검법과 청령심결을 완벽하게 터득하는 데 말이다."

"아……."

전중은 명숙절학인 단천검법과 청령심결을 죽기 전에 완성할 수 있을 것인지 조바심이 났는데 화운룡의 말을 듣고 표정이 밝아졌다.

전중은 단천검법을 연마한 지 한 달 남짓 지났을 뿐인데도 자신이 예전에 비해서 몇 배나 더 고강해졌다는 사실을 잘 알고 있다.

그 정도인데 만약 자신이 단천검법을 일 년쯤 연마하면 얼마나 발전할지 상상하는 것만으로도 가슴이 벅찼다.

감중기의 십팔 세 여동생 감도도는 지금 운룡재에서 소랑에게 하녀 수업을 받고 있는 중이다.

태어나면서부터 부모와 가족, 친척들의 사랑을 한 몸에 받으면서 애지중지 커온 감도도는 세상에 무서운 게 없으며 심지어 아버지 감형언조차도 그녀를 어쩌지 못할 정도로 드센 야생마로 성장했다.

그런 그녀였지만 오빠 감중기가 대결에서 패하는 바람에 약속대로 화운룡에게 주어졌으며, 화운룡은 길게 생각할 것도 없다는 듯 그녀를 운룡재 소속 하녀로 지정하고는 서재로 들어가 버렸다.

진검문 소문주이며 미모로도 형산은월문의 조숙빈과 비교될 정도라고 칭송을 받는 야생마 감도도가 하녀 수업 따위를 받으려고 할 리가 만무했다.

그렇지만 그녀는 지금 얌전하게 소랑 뒤를 졸졸 따라다니면서 하녀가 해야 할 일에 대해서 열심히 배우고 있는 중이었다.

감도도가 이렇게 된 데에는 다 이유가 있다. 그녀가 하늘 높은 줄 모르는 야생마라면, 마침 야생마를 길들이는 조련사가 운룡재에 머물고 있었다.

장하문과 함께 온 철궁녀 벽상 그녀다.

감도도가 진검문에서 열 손가락 안에 꼽히는 검술의 실력자라고 하지만, 벽상은 진검문주 감형언을 비롯한 총관과 다섯 명의 당주가 한꺼번에 덤빈다고 해도 십초식 안에 제압할 수 있을 정도의 진짜 일류고수다.

벽상은 하녀 수업 따윈 받지 않겠다고 버티는 감도도의 마혈을 제압하여 우선 연공실 천장에 매달았다.

그냥 매단 것이 아니라 팔다리를 뒤로 꺾어서 열 손가락과 열 발가락을 가느다랗지만 질긴 실로 묶고 그 끝을 밧줄에 연결해서 천장에 매단 것이다.

벽상의 경험으로는 일류고수라고 해도 그렇게 매달아놓으면 한 시진 이상 버티지 못한다.

그녀는 실제 그 방법으로 꽤 많은 고수들의 손가락과 발가락을 부러뜨리고 뽑아버린 경험이 있다.

더구나 벽상에겐 수십 가지의 고문 방법이 있는데 그것들 중에서 감도도에게 사용한 것이 가장 약한 수법이다.

벽상은 감도도의 드센 기세를 보고 그녀가 최소한 일각은 버티다가 항복할 것이라고 예상했다.

하지만 안타깝게도 감도도는 천장에 매단 지 열을 세기도 전에 잘못했다고 비명을 질러서 벽상을 실망시켰다.

이후 바닥에 내려지고 마혈이 풀린 감도도는 벽상을 급습하다가 실패, 제압되어 다시 천장에 매달려졌다.

감도도는 천장에 매달리자마자 잘못했다고 싹싹 빌었으나 벽상은 그녀를 내버려 두고 연공실 밖으로 나갔다가 일각 후에 돌아와 보니까 그녀는 기절해 있었다.

그 이후 감도도는 세 번 더 천장에 매달림을 당했다. 하녀 수업을 가르치는 소랑에게 대들었으며, 도망치다가 잡히고, 화운룡 욕을 하다가 발각됐기 때문이다.

감도도는 반나절 동안 다섯 차례나 천장에 매달린 이후부터는 야생마가 아니라 순한 노새처럼 말을 잘 들었다.

진검문을 흡수하여 갑자기 덩치가 커진 해남비룡문을 일사불란하게 지휘하고 있는 장하문이 운룡재로 돌아왔다.

"그러십니까?"

장하문은 해남비룡문을 외부의 습격에도 끄떡없는 문파로 만드는 정도로만 하고 싶다는 화운룡의 말을 듣고 엷은 미소를 지으며 고개를 끄덕였다.

화운룡은 장하문이 무엇 때문에 미소를 짓는지 알고는 마주 미소를 지었다.

"어렵겠나?"

장하문은 고개를 모로 꼬았다.

"어렵겠군요."

그때 소랑어 하녀들을 이끌고 와서 탁자에 갖가지 요리들과 술을 차리도록 지시했다.

여자들 중에는 연랑과 감도도가 있으며 연랑은 소랑 옆에 서 있기만 하고 요리를 차리는 것은 감도도와 하녀들이 했다.

탁자 주위에는 화운룡과 장하문, 벽상이 둘러앉아 있다.

화운룡과 장하문은 하녀들이 있어도 신경 쓰지 않고 대화를 나누었다.

"주군께서 원하시는 문파를 만드는 것은 천하제일문파가 되는 것보다 어려울 것 같습니다."

"그렇겠지?"

"네. 일단 시작하면 멈출 수가 없습니다. 주군께서도 잘 아시잖습니까?"

"그렇지."

크든 작든 간에 문파의 세력과 힘이 커진다는 것은 자신도 모르는 사이에 많은 적과 도전자, 그리고 경쟁자들을 만들게 되어 있다.

그것들을 만들지 않고서 문파의 힘을 기른다는 것은 언어도단, 말이 되지 않는다.

원래 가지 많은 나무에 바람 잘 날이 없는 법이다. 지역이 크면 큰 만큼 세력이 세거나 강하면 또 그만큼의 세찬 바람이 불어오게 마련이다.

그게 바로 무림이다. 아니, 세상의 이치다. 비단 무림만이 아니라 사람이 사는 곳이면 어디라도 다 똑같다.

그렇기 때문에 화운룡이 해남비룡문을 외부의 습격에 끄떡 없는 문파로 만들어달라는 주문은 장하문으로서는 손바닥을 뒤집는 것처럼 쉽지만 거기에서 멈출 수는 없다는 것이다. 그 러려면 아예 처음부터 시작하지 말아야 한다.

화운룡은 담담한 얼굴로 말했다.

"그게 아버지 소원이라서 말이야."

"방법은 있습니다."

"뭔지 알겠네."

화운룡은 장하문이 공손히 따르는 술을 한 손으로 받았다.

"그렇게라도 해야지."

"알겠습니다."

벽상은 두 사람이 대체 무슨 대화를 나누고 있는지 전혀 알지 못했다.

장하문이 말하는 방법이란 해남비룡문이 강해지는 속도를 아주 느리게 하자는 것이다.

화운룡은 요리와 술을 차리고 있는 하녀들 속에 섞여 있는 감도도에게는 눈길조차 주지 않았다.

감도도는 요리를 차리며 이따금 화운룡을 힐끗거리면서 사나운 표정을 지었다.

저놈 때문에 진검문이 몰락했으며 내가 이런 생고생을 하고 있다는 원한이 그녀의 표정에 고스란히 드러났다.

벽상은 감도도를 쳐다보지도 않고 중얼거렸다.

"너 이년, 눈알을 뽑아줄까?"

탁자에 막 요리 그릇을 내려놓던 감도도는 소스라치게 놀라서 요리 그릇을 놓치고 말았다.

탁!

벽상이 요리 그릇을 가볍게 받아 탁자에 내려놓고는 일어섰다.

"따라오너라."

"하악!"

감도도의 얼굴이 사색으로 변했다.

화운룡은 가볍게 혀를 찼다.

"쯧쯧쯧… 저 녀석은 눈알을 뽑는다고 하면 정말 뽑는 잔인한 성격인데……."

"아아……."

감도도는 벽상을 따라가지 못하고 그 자리에서 부들부들 떨기만 했다.

화운룡의 말을 받아서 이번에는 장하문이 나직한 한숨을 내쉬면서 중얼거렸다.

"휴우… 저 녀석 성격이 너무 잔인해서 큰일입니다. 며칠 전에는 거리에서 자신을 희롱하는 청년의 사타구니를 발로 차

서 고자로 만들지 않았겠습니까? 그것으로도 모자라서 그자
의 한쪽 귀를 잘랐답니다."

감도도의 얼굴이 노랗다 못해 파랗게 질렸다.

장하문이 젓가락으로 요리를 집으며 혀를 찼다.

"쯧쯧… 이럴 땐 무조건 잘못했다고 빌어야 하는데……."

순간 감도도는 그 자리에 엎어지듯 무릎을 꿇고 두 손을
모아 싹싹 빌었다.

"자… 잘못했어요… 용서해 주세요……."

감도도는 자신이 진검문 소문주였다는 사실을 하루 만에
새카맣게 망각했다.

벽상은 걸음을 멈추고 돌아서서 삭풍처럼 차가운 표정으로
중얼거렸다.

"이 자리에서 눈알을 뽑아줄까?"

벽상이 자신에게 걸어오자 감도도는 극도의 공포에 사색이
되어 진저리를 쳤다.

"아아……."

슥―

벽상은 왼손을 활짝 펴서 감도도의 머리를 덮듯이 움켜잡
고 번쩍 일으키더니 오른손 검지와 중지를 빳빳하게 세워 그
녀의 눈앞에 댔다.

"상아, 주군 계시는 곳이다."

그때 장하문이 조용히 중얼거리자 벽상은 동작을 멈추고 그를 쳐다보았다.

"용서해 줘라."

벽상은 온몸을 사시나무 떨 듯이 부들부들 떨고 있는 감도도를 날카롭게 쏘아보고는 손을 놓고 자리에 앉았다.

"으흐흐……."

완전히 영혼이 빠져나간 얼굴로 부들부들 떨면서 서 있는 감도도의 사타구니에서부터 아랫도리가 축축하게 젖더니 발 아래에 오줌이 쏟아져 내렸다.

감도도는 십팔 년 생애에서 이런 무시무시한 공포는 처음 겪어보았다.

＊　　　　＊　　　　＊

"아, 그렇구나!"

술을 마시던 화운룡이 갑자기 나직한 탄성을 터뜨리더니 벽상을 쳐다보았다.

"홍후야, 너 다녀올 곳이 있다."

벽상은 미간을 찌푸렸다.

"거, 자꾸 홍후, 홍후 하지 마세요."

벽상은 화운룡이 '홍후'라고 부를 때마다 은밀한 부위에 있는 빨간 사마귀가 근질거렸다.

그러나 화운룡은 그런 것에는 신경 쓰지 않고 자기 할 말만 했다.

"홍후 너 집에 다녀와라."

"아… 정말."

화운룡이 또 홍후라고 부르자 그녀는 발끈했다.

장하문은 재미있다는 듯 벙글벙글 웃으면서 지켜보기만 했다.

화운룡은 엷은 미소 띤 얼굴로 설명했다.

"며칠 있으면 홍후 너희 가족이 사풍곡(斜風谷)이라는 산적 무리에게 몰살당한다. 홍후 네가 가서 구해줘라."

아직 화운룡에 대해서 전혀 모르는 벽상은 그가 자꾸 홍후라고 부르는 통에 신경이 날카로워졌다.

"사풍곡이 너희 집을 공격하는 것이 삼월 초여드레니까 지금 가면 구할 수 있다."

장하문이 고개를 끄덕였다.

"어서 다녀오너라."

벽상은 얼굴을 찌푸렸다.

"삼월 초여드레면 앞으로 열흘이나 남았는데 그걸 당신이 어떻게 안다는 겁니까?"

"그럼 내가 너 사타구니에 홍후가 있다는 것을 어떻게 알았을 것 같으냐?"

"……."

"널 치료하면서 홍후를 떼어내긴 했지만."

벽상은 또 발끈했다.

"무슨 말도 안 되는 소리를!"

화운룡이 빨간 사마귀를 떼어내려면 그녀를 요상한 자세로 만들어야만 가능한 일이다.

장하문이 술잔을 내려놓았다.

"이 녀석 가족을 살리려면 주군에 대해서 설명을 해줘야 할 텐데 그래도 되겠습니까?"

화운룡이 고개를 끄떡이자 장하문은 화운룡이 육십사 년 전에서 현재로 회귀했다는 사실에 대해 벽상에게 자세히 설명해 주었다.

탁!

"그게 말이 된다고 생각하세요?"

설명을 듣고 난 벽상은 손바닥으로 탁자를 두드리고는 벌떡 일어섰다.

그러나 벽상은 장하문이 말없이 자신을 바라보기만 하는 것을 보고는 그가 절대로 거짓말을 하지 않는 사람이라는 사실을 떠올렸다.

벽상은 자리에 다시 앉으면서 반신반의하는 표정으로 화운룡을 바라보았다.

"정말이에요?"

화운룡은 빙그레 웃었다.

"홍후야, 나는 네가 모르는 너의 모든 것을 알고 있다."

벽상은 너무 놀라고 긴장한 나머지 화운룡이 홍후라고 부르는 것도 그냥 넘어갔다.

이십삼 세의 북풍한설 같은 싸늘한 미녀 벽상은 큰 눈을 깜빡거리며 화운룡을 바라보았다.

"그러면 앞으로 저는 어떻게 되죠?"

화운룡은 장하문의 빈 잔에 술을 따랐다.

"원래 나는 십 년 후에 하룡과 너를 만났는데 이번에는 하룡이 보고 싶어서 좀 일찍 만났지."

"십 년 후에 저는 어땠나요?"

"여전히 하룡을 짝사랑하고 있지."

"……."

벽상은 움찔 놀랐고 장하문은 의아한 표정을 지었다.

"이 녀석이 저를 말입니까?"

"홍후는 자넬 처음 만났을 때부터 짝사랑했네. 그런데 자넨 그걸 모르고……."

"그, 그만해요!"

화들짝 놀란 벽상이 몸을 날리듯이 손을 뻗어 화운룡의 입을 막았다.

"읍!"

술자리가 무르익었다.

벽상은 화운룡이 육십사 년 전으로 돌아왔다는 사실을 완전히 믿게 되었다.

대화를 하면 할수록 화운룡은 장하문이나 벽상에 대해서 모르는 것이 없었다.

그리고 벽상이 거의 화운룡의 제자나 다름없을 정도로 그에게 절학을 배워 삼십오 세쯤에는 절정고수로서 무림에 이름을 드날린다는 사실도 알게 되었다.

그리고 그녀가 삼십삼 세 때 절학이 완성되지 않은 시기에 음산삼마하고 단신으로 싸워서 중상을 입고 사경을 헤매자 화운룡이 그녀를 살렸다는 사실도 믿게 되었다.

"그때 치료하면서 내가 이 녀석의 사마귀를 떼어줬었지."

"정말……."

벽상은 화운룡을 하얗게 흘겨보았지만 아까처럼 표독하지는 않았고 왠지 모를 정감 같은 것이 담겨 있었다.

장하문은 벽상이 오늘처럼 자주, 그리고 노골적으로 감정을 드러내는 모습을 예전에는 본 적이 없었다.

하긴 그녀를 이렇게 만들고 있는 상대가 화운룡이니까 가능한 일이다.

그는 여자에 대해서는 목석이고 문외한이지만 사람을 쥐락펴락하는 신비한 능력이 있었다.

장하문 역시 자신의 미래와 화운룡과의 관계에 대해서 궁금한 것이 많지만 그런 것들은 차차 알아가기로 했다. 미래라는 것은 미리 알면 재미가 없다.

"어쨌든 홍후 너는 내일 아침에 동천목산(東天目山)에 가서 가족들을 이리 데리고 와라."

벽상의 집은 강소성 남쪽과 절강성 북쪽의 접경 지역인 동천목산 입구인 효풍(孝豊)이라는 곳에 있다.

벽상은 놀라는 표정을 지었다.

"가족들을 데려오라고요? 이곳으로 말인가요?"

"그래. 네 아버지는 원래 지병이 있어서 오래 살지 못하니까 내가 고쳐주마."

"아… 그것까지 알고 계세요?"

"인석아, 나는 네가 어째서 가출을 했는지도 알고 있다."

벽상은 화들짝 놀랐다.

"설마……."

"너 항주에 노래 공부하러……."

"그, 그만!"

벽상은 소스라치게 놀라서 또다시 손으로 화운룡의 입을 틀어막았다.

사실 철없던 시절의 벽상은 불과 십오 세에 기녀가 되겠다면서 항주에 기녀 수업을 받으러 갔다가 큰 난관에 부딪쳤고, 그래서 구사일생 간신히 도망쳐서 전전하다가 장하문을 만나 인생의 판도가 바뀌었던 것이다.

"내가 하룡과 홍후를 만났을 때가 여름이었는데 그때 홍후는 동천목산의 가족들이 사풍곡에게 멸문당한 지 십 년이 지났다면서 몹시 가족들을 그리워했다."

"아… 그런가요?"

"네가 가족들을 이리 데려오면 모두 천수를 누리면서 너와 행복하게 살 수 있을 게야."

벽상은 감사와 존경의 표정으로 화운룡을 바라보았다.

"어떻게 감사해야 할지……."

화운룡은 빈 잔을 내밀었다.

"말 잘 들으면 된다."

벽상이 공손히 화운룡에게 술을 따르는데 장하문이 거들었다.

"예컨대 주군께서 너를 홍후라고 불러도 발작하지 말아야 한다는 것이다."

벽상은 얼굴을 붉혔다.

"그건 주군께서 조심하시면 되잖아요."

화운룡은 고개를 끄떡였다.

"알았다. 내가 조심하도록 하마."

"고마워요, 주군."

어느새 벽상도 화운룡을 주군이라고 부르기 시작했다.

*   *   *

화운룡이 새로 창안한 심공법 책자를 읽어본 장하문은 크게 놀라서 감탄했다.

"이것은 굉장한 심공법입니다. 이건 심법이라기보다는 신공(神功)이라고 해야 되겠군요."

"너무 강한가?"

"지나칠 정도로 강하긴 하지만 그것은 십 성을 다 연공했을 때 일입니다. 제가 보기엔 비룡운검하고 궁합이 매우 잘 맞을 것 같습니다. 그러나 이것을 십 성까지 연성할 수 있는 사람은 극히 드물 것 같습니다."

장하문은 무공에 대해서도 타의 추종을 불허할 만큼 석학의 수준이다. 물론 화운룡에게는 미치지 못한다.

"그렇겠지?"

화운룡은 고개를 끄덕였다.

"아무래도 내 가족과 문파 사람들이 배울 것이니까 조금 신경을 썼네."

장하문은 감탄이 쉽게 가시지 않았다.

"이처럼 완벽한 심공법은 어디에도 존재하지 않을 것입니다. 더구나 전체를 다 연공해야 하는 게 아니고 열 단계로 나누어져 있으며, 그중에 어느 한 단계만 연공해도 큰 위력을 발휘할 수 있으니 완벽한 심공법이라는 찬사 외에는 뭐라고 할 말이 없습니다."

화운룡은 엷은 미소를 지었다.

"하룡, 자네 칭찬에 인색한 사람인 줄 알았네."

"칭찬은 이럴 때 하라고 있는 겁니다."

장하문은 진지한 표정을 지었다.

"이런 공전절후의 심공법을 하루 만에 창안하시다니! 더구나 제가 봤을 때 주군께서 일전에 만드신 비룡운검은 천하무림의 어느 검법이라고 해도 절대로 비교 불가한 완벽한 검법이었습니다."

"이봐, 하룡. 이래 봬도 나는 천하제일인이었어."

장하문은 고개를 크게 끄떡였다.

"그렇군요. 천하제일인이 얼마나 위대한 존재인지 저는 이제야 조금 알 것 같습니다."

화운룡은 술잔을 기울이며 말했다.

"그거 이름은 자네가 짓게."

장하문은 잠시 생각하다가 조심스럽게 말했다.

"십절신공(十絶神功)이 어떻습니까?"

"음?"

"주군의 아호가 십절무황이시고 또 이 심공법이 열 단계로 나누어져 있어서 그 이름이 좋다는 생각입니다."

"괜찮군."

"감사합니다."

그런데 그때 장하문과 벽상은 술을 마시고 빈 잔을 쥐고 앉아 있는 화운룡의 모습이 변하는 것을 발견하고 흠칫 놀랐다.

화운룡이 점점 커지더니 잠깐 사이에 작은 산 정도의 크기가 되었고, 그의 온몸에서 은은한 광휘가 뿌려져서 차마 쳐다보는 것 자체가 불경스럽다는 느낌이 들 지경이었다.

"아아……."

장하문과 벽상은 화운룡이 한없이 위대하게 보이는 반면 자신들은 끝없이 초라해지는 느낌이 들었다.

물론 그것은 두 사람의 착각이다. 화운룡이 너무 위대해서 환상을 본 것이다.

그때 잔잔한 종소리 같은 목소리가 두 사람의 귓전을 울렸다.

"홍후야, 술 따라라."

"후우……"

장하문은 침 시술을 끝내고 긴 한숨을 토해냈다.

침상에는 조부 화성덕이 상체를 드러낸 채 누워 있으며, 조금 전까지 상체 곳곳에 수십 개의 은침이 꽂혀 있다가 방금 마지막 은침이 뽑혔다.

장하문은 하루에 한 차례씩 사흘에 걸쳐서 오늘까지 화성덕에게 세 차례 침 시술을 시전했다.

첫 시술 때에는 화운룡이 동석하여 장하문에게 어느 혈도에 얼마의 공력을 주입하여 꽂으라고 일일이 가르쳤으나 두 번째와 세 번째는 장하문 혼자 시술했다. 딱 한 번 화운룡의 지도를 받고는 배워 버린 것이다.

"이제 됐습니다."

장하문의 말에 화성덕이 눈을 떴다.

"시술이 다 끝났으니까 이제 침상에서 내려오셔서 거동을 해보십시오."

화성덕은 하녀의 도움으로 옷을 입은 후에 조심스럽게 침상에서 바닥으로 내려섰다.

화운룡이 조부 화성덕에게 탕약을 복용시켜서 치료를 시작한 지 오늘로 이십 일째지만 지금까지는 침상에 누워서 상체를 움직이는 게 전부였다.

오랫동안 화성덕을 보살펴 온 하녀가 부축하려고 하자 장하문이 손짓으로 하지 말라고 제지했다.

"다 나으셨으니까 예전에 걸으시던 기억을 떠올리셔서 걸어보십시오."

화성덕은 몹시 긴장한 표정으로 심호흡을 하고 나서 신중하게 첫 걸음을 내디뎠다.

비틀…….

그러나 화성덕은 중심을 잡지 못하고 비틀거리면서 쓰러지려고 했다.

"힘이 없는 게 아니라 오랫동안 걷지 않으셨기 때문에 걷는 법을 잊으신 겁니다. 조바심을 갖지 마시고 천천히 계속 걸어보십시오."

장하문은 부축하지 않고 걷기를 종용했다.

그의 말처럼 화성덕은 몸이 아프거나 다리에 힘이 없는 것이 아니라 예전에 어떻게 걸었는지를 몸이 잊어버렸을 뿐이다. 그걸 알기에 그는 힘을 내서 다시 걷기 시작했다.

한 걸음, 두 걸음……. 그는 침상에서 입구까지 열 걸음을 느리고 비틀거리는 걸음이지만 쓰러지지 않고 성공했다.

"아아… 태문주님……."

그를 오랫동안 모셨던 중년의 하녀는 감격에 겨워서 두 손을 모으고 눈물을 흘렸다.

장하문은 화성덕에게 공손히 예를 취했다.

"잘하셨습니다. 이제 태문주의 병은 완치되셨으니까 며칠 동안 걷는 연습을 하시면 예전의 건강을 되찾으실 겁니다. 그 후에는 예전처럼 무공을 하셔도 될 겁니다."

화성덕의 노안에 눈물이 차올라 장하문의 손을 잡았다.

"고맙소, 장 선생……."

장하문이 화운룡을 주군으로 모시지만 해남비룡문에서는 어느 누구도 그를 아랫사람이라고 여기지 않았다. 오히려 그를 매우 존경하면서 귀인으로 대접했다.

화운룡의 위대함을 알아보는 사람은 장하문 한 사람뿐인데 해남비룡문 사람들은 화운룡의 위대함 뒤에는 장하문이 버티고 있기 때문이라고 믿었다.

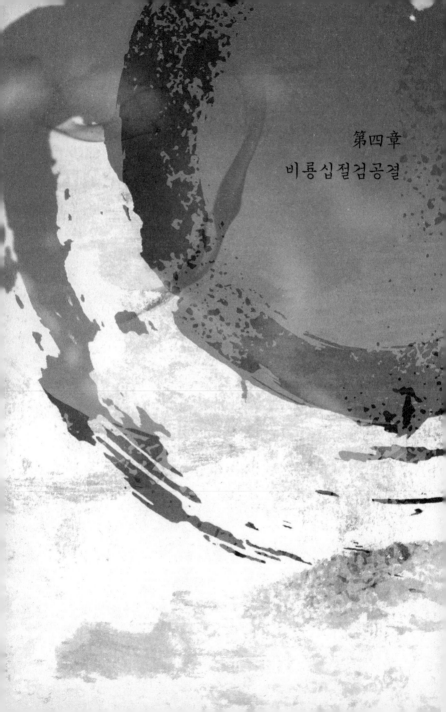

第四章

비룡십절검공결

화성덕의 치료를 완전히 끝낸 장하문은 발길을 해남비룡문 내의 대소사 업무를 담당하는 부서인 문무당(文武堂)으로 향했다.

문무당의 대전에는 대략 오십 명 정도의 청장년이 바닥에 앉아서 차례를 기다리고 있었다.

그리고 그들의 앞쪽에는 문무당 제자 두 명이 탁자 앞에 앉아서 청장년들에 대한 서류를 보거나 작성하고 있다.

대전에 있는 남녀 오십여 명의 청장년은 해남비룡문에 입문하기 위해서 온 사람들이다.

화운룡과 감중기의 일대일 대결에서 화운룡이 순식간에 감중기를 때려눕혀서 그를 아직까지도 자리보전하게 만들었으며, 해남비룡문이 진검문을 흡수했다는 소문은 태주현을 중심으로 백여 리 일대에 파다했다.

그래서 해남비룡문에서 젊은 남녀 문하 제자를 모집한다는 방이 거리에 내걸리자마자 초창기에는 문하 제자가 되겠다고 하루에 평균 백 명 이상의 청장년이 모여들었다.

장하문은 해남비룡문의 많은 것을 뜯어고쳤으며, 그중에 하나가 문하 제자를 내문제자(內門弟子)와 외문무사(外門武士)로 분간한 것이다.

내문제자는 말 그대로 문하 제자로서 해남비룡문에 수업료를 내고 검술을 배우러 온 제자를 가리킨다.

그리고 외문무사는 해남비룡문에서 녹봉을 받으며 각 분야의 일을 담당하고 있는 제자들이다.

문무당에 모인 남녀 청장년들은 내문제자가 되려는 사람들과 외문무사가 되려는 사람들이 두 줄로 나누어서 면접을 보고 있다.

내문제자 심사는 면접만으로 통과되지만 외문무사는 신체검사까지 거치게 된다.

이렇게 해서 지난 보름 동안 뽑은 내문제자는 무려 백오십여 명이고 외문무사는 백여 명에 달했다.

장하문이 문무당으로 들어서자 면접과 신체검사를 담당하고 있던 문무당 무사들이 일제히 벌떡 일어나서 그에게 공손히 포권하며 허리를 굽혔다.

원래 해남비룡문에는 문무당이라는 부서가 없었지만 장하문이 새로 신설했다.

그리고 해남비룡문에 흡수된 진검문 무사들과 해남비룡문 문객들 중에서 학식이 있거나 업무에 능한 사람 이십여 명을 뽑아서 문무당에 배속시켰다.

예전에 진검문 사람이었든 문객이었든 상관하지 않고 정식으로 해남비룡문 제자가 된 사람들 모두에게 녹봉이 선불로 주어졌다.

뿐만 아니라 특별 홍리(紅利: 상여금)가 녹봉 수준으로 두둑이 지급되었기에 다들 엉덩이에서 바람이 일 정도로 신바람이 난 상태다.

진검문 문하 제자들 대다수가 자신들이 해남비룡문 문하 제자가 된 것을 다행으로 여기고 있다.

장하문은 고개를 끄덕이며 문무당 무사들에게 계속 일을 하라고 손짓을 하고는 다음 일정을 보기 위해 밖으로 나갔다.

"야앗!"

"하앗!"

실내에 있는 소연무장에서는 감형언과 채오를 비롯한 새로 전주가 된 다섯 명이 검법을 수련하고 있는 중이다.

이들의 앞쪽에는 해남비룡문의 두 명의 사범 중에 한 사람인 화문영이 잘 어울리는 흑의 무복을 입은 모습으로 두 손을 허리에 얹은 채 감형언 등에게 검술 지도를 하고 있었다.

또 한 명의 사범인 차도익은 한쪽에서 혼자서 검법 수련을 하고 있었다.

화문영이 감형언 등에게 가르치고 있는 검법은 화운룡이 새로 창안한 비룡운검이다.

감형언 등이 지금까지 수십 년 동안 고수해 왔던 진검문의 성명검법을 버리고 비룡운검을 새로 배우기 시작한 데에는 작은 우여곡절이 있었다.

제일 먼저 할 일은 진검문의 성명검법인 진환검격술(眞換劍擊術)보다 비룡운검이 뛰어나다는 사실을 감형언 등에게 승복시키는 일이었다.

그 과정에서 약간의 신경전과 자존심을 건 줄다리기가 있었지만 결국 감형언 등은 진환검격술보다 비룡운검이 비교할 수 없을 만큼 뛰어난 검법이라는 사실을 인정했다.

그럴 수밖에 없었다. 검법에 조금이라도 조예가 있는 사람이라면 비룡운검과 진환검격술이 한눈에도 천양지차라는 사실을 알아볼 수 있기 때문이다.

사실 비룡운검을 십 성까지 완벽하게 터득한다면 검법으로는 일절(一絶)로서 천하무림을 오시할 수 있는 검절(劍絶)이 될 수 있지만, 그런 사실은 창시자인 화운룡과 장하문 외에는 아무도 알지 못했다.

장하문은 이틀 밤을 꼬박 새워서 비룡운검을 분석하여 열 단계, 즉 십검결(十劍訣)로 나누었다.

그래서 그는 십절신공 열 단계 십공결(十功訣)과 비룡운검 십검결을 각 하나의 결(訣)로 묶었다. 이름을 붙인다면 비룡십절검공결(飛龍十絶劍功訣)이다.

즉, 십절신공 일공결을 연공하면서 비룡운검 일검결을, 그것이 끝나면 십절신공 이공결을 시작하고 동시에 비룡운검 이검결을 시작한다는 식이다.

지금은 사범인 차도익과 화문영을 비롯한 해남비룡문의 모든 문하 제자가 비룡운검 일검결과 십절신공 일공결을 수련하고 있는 중이다.

비룡십절검공결은 어느 누구라도 입문할 수 있으며 배우는 것이 쉽다는 장점을 갖고 있었다.

하지만 배우면 배울수록, 수련하면 할수록 점점 더 심오해지고 위력이 막강해지기 때문에 장하문은 해남비룡문 문하 제자들이 단지 일검공결만을 연마하는 데 평생을 바쳐야 할 것이라고 예상했다. 이들 중에서 천골이나 무골이 없기 때문이다.

비룡운검과 십절신공을 각 십 단계로 나눈 직후 제일 먼저 장하문이 그것을 연마하기 시작했다.

그는 매일 밤마다 두 시진씩 운룡재의 연공실에서 비지땀을 흘리면서 수련을 했다.

그의 무공은 일류고수를 상중하로 나눈다면 상급에 속하는 수준이다.

하지만 비룡십절검공결을 접하고는 자신의 모든 무공을 버리고 처음부터 새로 배우기 시작했다.

그 정도로 비룡십절검공결이 비교 불가의 절학이라고 판단했기 때문이다.

장하문은 밤에 비룡십절검공결 일결을 연마하고 잠시 잠을 청한 후 이른 새벽에 두 사범인 차도익과 화문영에게 자신이 배운 것들을 가르쳤다.

그렇지만 장하문과 두 사범은 자질이나 검법, 신공의 이해력과 습득력에서 현저한 차이가 있다.

예를 들어 비룡십절검공결 일결을 다시 열 단계로 나누고 그 열 단계의 일 단계를 다시 열 단계로 나눈다면, 장하문은 현재 세 번째로 나눈 열 단계의 이 단계쯤을 수련하고 있는데 두 사범은 여전히 일 단계에 머물러 있다.

아마 시일이 지나면 지날수록 장하문과 두 사범의 간격은 더 벌어지게 될 것이다.

차도익과 화문영의 자질이 형편없어서가 아니라 장하문의 자질이 두 사범에 비해서 월등하게 뛰어난 덕분이다.

두 사범은 외려 중상(中上) 정도의 썩 괜찮은 자질인데도 불구하고 비룡십절검공결이 워낙 방대하고 심오하다 보니까 진도가 더디게 나가는 것이다.

장하문에게 십절신공과 비룡운검을 따로 배운 차도익과 화문영은 오전에 감형언을 비롯한 일곱 명에게 자신들이 배운 것들을 가르치고, 감형언 등은 그것을 오후에 자신이 속한 전의 단주들에게 가르치고 있다.

그러면 단주들은 각 단에 속한 외문무사와 내문제자들에게 그것을 가르치는 방식이다.

장하문이 그런 방식의 가르침을 채택했으며 그렇게 해야지만 상하 차등과 경쟁심이 생기기 때문이다.

소연무장에 들어선 장하문은 느릿하게 걸으면서 감형언 등이 수련하는 광경을 유심히 지켜보았다.

"틀렸다."

문득 장하문이 나직하게 말하자 모두들 일제히 수련을 멈추고 그를 쳐다보았다.

모두 한 시진 이상 쉬지 않고 수련했기 때문에 땀범벅이고 거칠게 헐떡거렸다.

장하문은 뒷짐을 지고 감형언 등에게 물었다.

"지금 수련하고 있는 검법이 무엇인가?"

감형언은 가만히 있고 전주 한 명이 대답했다.

"비룡운검 일검결 제일초식이오."

화문영이 방금 말한 전주를 꾸짖었다.

"무엄하다. 이분은 본 문의 군사이시다."

감형언 등은 장하문을 몇 번 보았지만 그가 설마 군사일 줄은 몰랐다.

더구나 해남비룡문에 군사가 있다는 말은 금시초문이라서 더 놀랐다.

그러나 만약 그가 신기서생이라는 사실을 알면 혼비백산하고 말 것이다.

장하문은 뒷짐을 지고 설명했다.

"일검결 제일초식 안에는 세 개의 변(變)이 있으며, 변 안에는 또다시 세 개의 해(解)가 있다는 것을 아는가?"

"모… 르고 있습니다."

감형언 등은 물론 화문영과 차도익도 그런 것이 있다는 사실을 지금 처음 알았다.

왜냐하면 장하문이 지금 방금 만들어냈기 때문이다. 하지만 그가 분류한 것처럼 하나의 초식 안에는 분명히 세 개의 또 다른 변화가 있으며, 그걸 '변'이라 하고 각 '변'에는 역시 세 개씩의 세분화된 가지가 있으니 그걸 '해'라고 방금 이름을 붙인 것이다.

장하문은 모두에게 나직하지만 또렷한 목소리로 말했다.

"비룡운검 일검결 제일초식 안에 들어 있는 세 개의 변과 각 변에 들어 있는 세 개씩의 해, 도합 아홉 개의 해를 이해하고 터득하지 못한다면 비룡운검 제일초식을 완성하지 못하는 것이다."

감형언 등은 자신들이 배운 비룡운검 구결과 동작들에 대해서 눈을 깜빡이면서 생각해 보았지만 얼른 이해가 되지 않는 표정이었다.

장하문이 화문영에게 지시했다.

"화 사범, 일검결 제일초식을 천천히 시전해 보시오."

장하문은 화운룡에게 해남비룡문이 외부의 습격에 능히 대처할 수 있는 문파로 만드는 일을 최대한 천천히 하겠다고 말했다.

그러자면 문하 제자들의 검법도 천천히 수련하도록 해야 하는데 그게 장하문의 정확하고도 반듯한 성격으로는 도저히 용납이 되지 않았다.

그는 하나를 가르치고 배우더라도 제대로 해야 한다고 올곧게 믿는 성격이다.

감형언 등은 두 명의 사범 차도익과 화문영이 장하문에게 검법을 배우고 있다는 사실을 모르고 있다.

바짝 긴장하고 있는 화문영의 귓전에 장하문의 조용한 전음이 전해졌다.

[배웠던 대로만 차분하게 시전하면 되오.]

전음을 할 줄 모르는 화문영이 깜짝 놀라서 바라보자 장하문은 엷은 미소를 지으며 가볍게 고개를 끄떡였다.

화문영과 차도익은 장하문에게 비룡운검을 배우기 시작한 이후 먹고 자는 시간만 제외하고 하루 종일 검법 수련에만 매달렸다.

그랬기 때문에 검법의 심오한 이해까지는 아니더라도 정확도 면에서만큼은 해남비룡문 내에서 장하문을 제외하면 최고 수준일 것이다.

화문영은 쥐고 있는 검을 어깨의 검실에 꽂았다. 비룡운검의 첫 시작은 발검(拔劍)이다.

그녀는 공력을 끌어 올리면서 연공실의 한복판으로 천천히 걸어 나갔다.

그러다가 어느 순간 갑자기 구결에 따라서 보법을 밟으며 어깨의 검을 잡는가 싶은데 번쩍! 하고 검이 뽑히며 비룡운검 일검결 일초식이 전개되었다.

슈우웃!

앞으로 찔러 가면서 세 방향을 가리키던 검이 어느 순간 반원을 그리면서 좌로 흐르다가 멈추는가 싶더니 허공을 베면서 도약하고, 단 한 번의 끊어짐도 없이 하강하면서 세 곳을 찌르고 베며 찰나지간 하나의 원을 긋고 어느새 검이 정면을 향하며 멈추었다.

원래 일초식은 눈을 한 번 깜빡이는 순간에 펼쳐져야 하는데 장하문이 천천히 시전하라고 했으므로 화문영은 눈을 세 번 깜빡이는 시간으로 늘어서 시전했다.

"아……."

지켜보고 있던 감형언과 여섯 명 중 누군가의 입에서 나직한 감탄이 흘러나왔다.

그들은 비룡운검 일검결 일초식에 있어서만큼은 자신들보다 화문영이 압도적으로 우위에 있다는 사실을 인정할 수밖에 없었다.

방금 화문영의 일초식은 차라리 아름다웠다.

장하문이 모두에게 물었다.

"무엇을 보았는가?"

전주 한 명이 조심스럽게 대답했다.

"여러 방향으로 도합 아홉 번의 공격이 이루어졌습니다."

장하문이 군사라고 하니까 말투가 공손해졌다.

장하문은 감형언을 보았다.

"자네도 그리 생각하는가?"

사십육 세의 감형언은 이십 대 중반의 장하문이 하대를 하자 조금 불쾌한 표정을 지었으나 곧 정중하게 입을 열었다.

"도합 아홉 번의 공격인 듯하지만 어찌 보면 몇 개의 변화는 방어하는 것 같기도 했소."

장하문은 고개를 끄떡였다.

"정답은 아니지만 그 정도면 잘 봤다고 할 수 있다. 과연 자네는 격이 다르군."

이들 일곱 명 중에서 감형언의 무공이 가장 높으니까 격이 다를 수밖에 없다.

그것을 장하문이 정확하게 짚고 칭찬하니까 감형언은 조금 쑥스러운 표정을 지었다.

                    *   *   *

"다시 한번 봐라."

장하문은 화문영에게 주문했다.

"화 사범, 일검결 제일초식을 여섯 배 느리게 시전해 주기 바라오."

"알겠습니다."

사실 화문영은 지금 장하문이 지적하는 삼변과 삼해가 무엇인지 전혀 모르고 있다. 그저 그가 여섯 배 느리게 시전하라니까 시키는 대로 할 뿐이다.

화문영은 정신을 바짝 차리고 방금 전 그대로 초식을 이번에는 여섯 배 느리게 시전했다.

그런데 그녀는 방금 여섯 배 느리게 시전하는 동안 무엇인가를 깨달았다.

'아……'

그녀와 차도익은 장하문에게 비룡운검을 배울 때 동작에 중점을 두었다.

그런데 그녀는 방금 일검결 일초식을 여섯 배나 느리게 시전하면서 그것이 그냥 공격 일변도의 초식이 아니라는 사실을 깨달은 것이다.

조금 전에 세 배 느리게 시전한 것을 보고 전주는 아홉 번의 공격이라고 했으며, 감형언은 아홉 번의 공격 속에 방어가 있는 것 같다고 말했다.

화문영은 전주의 생각과 같았다. 일초식 안에 방어가 있다는 생각까진 하지 못했다.

그런데 방금 전에 여섯 배 느리게 시전해 보니까 분명히 방어가 있는 것 같았다.

하지만 여전히 어느 것이 공격이고 어느 것이 방어인지 정확하지 않았다.

화문영처럼 차도익과 감형언 이하 전주들은 화문영의 여섯 배 느린 일초식을 보고 크게 깨달은 바가 있어서 제각기 얼굴에 놀라움과 감탄, 희열을 떠올렸다.

"그러나 방금 자네들이 깨달은 것이 전부가 아니다."

장하문은 화문영에게 손을 내밀어서 그녀의 검을 받고 감형언 등을 향해 돌아섰다.

"자네들 일곱 명이 나를 공격하게."

"⋯⋯."

장하문은 봄바람처럼 잔잔하고도 훈훈하게 말했다.

"가능하다면 내게 부상을 입혀도 되고 죽여도 되네. 아니면 내가 자네들을 상하게 할 테니까 다치지 않으려면 전력으로 공격하게."

감형언 등은 어이없는 표정을 지었다. 장하문이 아무리 고강하다고 해도 감형언은 일문의 문주였으며 채오는 총당주, 나머지 다섯 명은 명색이 당주였다.

그런 일곱 명에게 자신을 죽일 것처럼 공격해도 괜찮다고 말하는 장하문이다.

장하문은 더 이상 말하지 않고 검을 어깨 너머 등에 거꾸로 세웠다. 검실이 없기 때문에 검실에 꽂은 것처럼 한 것이다.

감형언은 채오와 다섯 명의 전주들에게 눈짓을 보냈다. 전력을 다해서 이 기회에 장하문을 따끔하게 혼내주자는 신호다.

스슷……

감형언 등 일곱 명은 전의를 불태우며 미끄러지듯이 장하문을 포위했다.

"하앗!"

감형언의 입에서 기합성이 터지는 것을 신호로 일곱 명은 전력으로 검을 휘두르며 비룡운검 일초식을 전개하여 장하문을 합공했다.

무려 칠 대 일이다. 그러므로 그들은 자신들이 패할 것이라고는 반 푼어치도 생각하지 않았다.

쐐애액!

패애액!

긴장한 표정의 화문영과 차도익이 보기에도 감형언 등의 합공의 기세는 대단했다.

잠시 후에 장하문의 온몸이 난도질당할지도 모른다는 불길함이 차도익과 화문영을 초조하게 만들었다.

그러나 두 사람이 보기에 장하문은 추호도 동요하지 않고 마치 산책이라도 나온 사람처럼 유유자적했다.

그리고 한순간 장하문이 검을 들어 올려 제자리에서 한 바퀴 빙글 회전했다.

카차차차창!

"우웃!"

"어흑!"

감형언 등 일곱 명은 공격하던 검에 강한 충격을 받고 뒤로 튕겨지며 신음을 터뜨리면서 물러났다.

그들 중에 세 명의 전주는 충격을 이기지 못하고 검을 놓치고 말았으며 다른 네 명은 팔이 떨어져 나갈 것 같은 진동과 통증을 느꼈다.

장하문은 단 일초식에 감형언 등 일곱 명의 일곱 자루 검을 모두 때려서 물리쳤다. 그뿐만이 아니다. 더 놀라운 일이 기다리고 있었다.

감형언 등은 자신들의 가슴 심장 부위의 옷이 살짝 베어져 있는 것을 발견하고 소스라치게 놀라고 말았다.

감형언 등 일곱 명만이 아니라 화문영과 차도익마저도 완전히 넋이 나간 표정이었다.

장하문은 검을 화문영에게 주고 나서 조용히 말했다.

"비룡운검 일초식 아홉 개의 변화는 모두 공격으로 사용할 수 있으며, 모두 방어로도 사용할 수 있다."

추호도 반박의 여지가 없다.

방금 장하문은 일곱 자루 검을 때려서 방어를 했으며, 일곱 명의 심장 부위 옷을 베어서 공격까지 전개하여 그것을 입증했다.

"다시 말하면 내가 마음먹기에 따라서 비룡운검 일초식을 전개하여 아홉 개 변화를 공격이나 방어 자유자재로 섞어서 사용할 수 있는 것이다."

장하문이 뒤돌아서 옷자락을 펄럭이며 밖으로 나갈 때까지 실내의 어느 누구도 움직이지 못했다.

한참이 지난 후에 감형언이 이가 시린 듯한 목소리로 나직하게 중얼거렸다.

"도대체 이런 검법을 어떻게 창안했다는 말인가……?"

그는 고개를 절레절레 가로저었다.

뜻밖의 일이 벌어졌다.

사해검문에서 해남비룡문에 두 번째로 사람을 보냈다.

강소성의 절대자 통천방이 태주분타를 만드는 중이라는 사실을 사해검문이 모를 리가 없다.

현재 통천방에서 파견한 구조장이 취영문을 태주분타로 만들기 위해서 진두지휘를 하고 있는 중이다.

그런데도 불구하고 사해검문의 고수들이 해남비룡문을 버젓이 방문한 것이다.

더구나 이번에는 대단한 인물이 왔다.

"나는 사해검문 위검당주 정무령(鄭武寧)일세."

사십 대 초반의 중후한 인물이 당당하게 자신의 신분을 밝히면서 앞에 서 있는 화운룡과 장하문을 쳐다보았다.

화운룡과 장하문으로서는 사해검문에서 당주를 보냈다는 사실이 뜻밖이다.

더구나 통천방이 태주분타를 만들고 있는 중에 위검당주가 왔다는 사실이 충격적이기까지 했다.

그것은 사해검문이 태주분타를 세우는 일에 그만큼 적극적으로 밀어붙이고 있다는 뜻이었다.

'뭐가 있다.'

화운룡은 사해검문이 이렇게까지 태주현에 분타를 만들려고 하는 이유가 있을 것이라고 짐작했다.

이곳은 운룡재의 내전이다.

사해검문 사람이 왔다는 전갈을 받은 장하문이 그들을 운룡재로 안내하라고 지시했다.

사해검문 위검당주 정무령과 그를 수행하는 두 명의 고수는 자신들이 본채가 아닌 별원 같은 곳으로 안내되었다는 사실에 불쾌감을 감추지 않았다.

그러나 그들은 요즘 화운룡이 해남비룡문의 실질적인 문주라는 사실을 이미 알고 왔으므로 그런 사소한 일 때문에 일을 망치려고 들지는 않았다.

"앉읍시다."

화운룡은 비로서 정무령을 탁자로 안내했다.

지난번에는 위검당주 정무령이 자신의 수하인 향주를 해남
비룡문에 보냈다.

정무령은 빈손으로 돌아온 향주에게 해남비룡문에 다녀온
일에 대해서, 아니, 화운룡에게 어떤 수모를 당했는지 자세하
게 들었다.

그러고 나서 태주현 내의 하오문을 통해서 태주현의 현재
정세와 근래 해남비룡문에 무슨 일이 있었는지에 대해 자세
히 알아냈다.

이번에 정무령은 많은 것을, 특히 화운룡에 대해서 자세히
알아보고 왔다.

하지만 화운룡이 암중에 취영문을 통천방 태주분타로 내세
웠다는 사실에 대해서는 알아내지 못했다.

태주현의 꽤나 실력 있는 하오문들도 거기까지는 모르고
있기 때문이다.

"본 문은 태주현에 반드시 분타를 세워야 하네."

정무령은 진지한 얼굴로 말문을 열었다.

"세우면 될 것 아니오? 내가 그것을 방해하는 게 아니잖
소?"

"지난번에 내가 수하를 보냈을 때보다 지금의 태주현 사정
이 훨씬 더 안 좋아졌네."

화운룡이 별다른 반응을 보이지 않자 정무령은 매우 진지

한 표정을 지었다.

"이것은 아직 아무도 알지 못하는 극비 사항이지만……."

"말하지 마시오."

"……."

화운룡이 말을 자르자 정무령은 미간을 찌푸렸다.

"극비 사항이라는 것을 알고 싶지 않다는 말이오."

남들은 아무도 모르는 비밀을 알고 싶어서 난리인데 화운룡은 알고 싶지 않다고 칼로 자르듯이 말했다.

비밀이라는 것을 알면 반드시 대가를 치러야만 하는 것이 세상의 이치다.

정무령은 극비 사항을 말해놓고서 이제 너도 극비 사항을 알았으니까 거기에 대해서 책임을 져야 한다고 엄포를 놓을 것이 분명하다.

알고 싶지 않다는데 정무령으로서는 말문이 막혔다. 그렇다고 억지로 말해줄 수는 없다.

화운룡이 대화를 주도했다.

"어차피 이 대화의 끝은 우리더러 사해검문의 태주분타가 되라는 것이 아니겠소?"

"그렇네. 나는 어째서 해남비룡문이 사해검문의 태주분타가 되어야 하는지, 그러지 않을 경우에 해남비룡문이 심각한 피해를 입을 수도 있다는 사실에 대해서 설명하려는 걸세."

"우린 통천방이든 사해검문이든 어느 누구의 분타 같은 것이 되고 싶지 않소."

"일단 내 말을……."

그때 정무령 뒤에 서 있던 두 명의 고수 중에 매우 젊은 청년 고수가 갑자기 앞으로 한 걸음 나섰다.

"그만하시오, 정 당주."

정무령은 씁쓸한 표정을 지으면서 입을 다물었다.

방금 말했던 약관의 청년이 화운룡을 보면서 당찬 표정으로 말했다.

"우린 애원하고 있는 것이 아니오."

제법 준수한 용모의 청년은 정무령이 말하는 것을 줄곧 답답하게 여기고 있다가 결국 자신이 나선 것이다.

"머지않아서 강소성 남쪽 장강 지역은 온전히 본 문의 세력권에 들어올 것이오."

청년은 자신만만하게 말했다.

화운룡 뒤에 서 있는 장하문은 조금 전까지만 해도 청년이 누군지 몰랐으나 이제 알게 되었다. 그는 전음으로 화운룡에게 청년의 정체를 알려주었다.

[주군, 이자는 사해검문 소문주 당검비(唐劍飛)입니다.]

사해검문이 위검당주와 소문주를 함께 보냈다는 것은 이 일을 매우 중대하게 여기고 있다는 뜻이다.

통천방이 태주분타를 만들고 있는데도 불구하고 밀고 들어와서 한번 해보겠다고 하는 것은 통천방하고의 일전도 불사하겠다는 뜻이기도 했다.

당검비는 후퇴를 모르는 표정으로 말을 이었다.

"본 문은 남경을 일통했소. 그리고 합비의 패자 태극신궁과 혈맹을 맺었소. 이것이 무엇을 뜻하는지 알겠소?"

조금 전에 화운룡이 듣고 싶지 않다고 했던 극비 사항을 당검비는 거리낄 것 없이 말했다.

정무령처럼 이제부터 말하겠다고 뜸을 들이지 않고 매우 중요한 비밀인데도 아무렇지도 않게 말하는 것이 당검비의 성격이고 말솜씨다.

화운룡과 장하문은 가볍게 놀라는 표정을 지었다.

장하문이 얼마 전까지 책사로 있었던 곳이 바로 태극신궁이다. 그런데 태극신궁이 남경의 사해검문과 혈맹을 맺었다는 것이다.

'그렇다면?'

장하문의 머리가 빠르게 회전했다.

'일패(一覇)가 되겠다는 것이로군.'

태극신궁에 대해서 누구보다도 잘 알고 있는 장하문이다.

합비의 패자 태극신궁과 남경을 일통한 사해검문이 혈맹을 맺었다면 그들이 원하는 것은 하나뿐이다.

춘추구패에 들어가서 춘추십패가 되겠다는 것이다.

화운룡도 장하문과 같은 생각을 하고 있었다.

그러거나 말거나 그는 무림의 일에 휘말릴 생각이 전혀 없으므로 이 모든 일이 귀찮았다.

당검비가 그런 비밀을 털어놓은 이유는 뻔하다. 우린 세력이 그렇게 막강해지니까 너희는 잘 생각해서 유리한 쪽에 붙으라는 것이다.

"사해검문이 춘추십패가 되든 강소성 남쪽 지방을 세력권으로 만들든 나는 관심이 없소."

화운룡의 입에서 '춘추십패'라는 말이 나오자 당검비와 정무령은 움찔했다.

당검비가 사해검문과 태극신궁이 혈맹을 맺었다고 말했는데 화운룡은 그들 혈맹이 춘추십패가 되려고 한다는 것까지 간파했기 때문이다.

당검비는 화운룡이 이제 자신들을 축객할 것이라고 짐작하여 품고 있던 본론을 꺼냈다.

"해남비룡문을 지부(支部)로 삼겠소. 그리고 본 문의 성명검법인 천해검법(天海劍法)을 전수하겠소."

당검비는 자신의 파격적인 제의를 화운룡이 쉽사리 물리치지 못할 것이라고 확신했다.

그러나 그의 확신은 생길 때보다 더 빨리 사라졌다.

"사해검문을 통째로 준다고 해도 관심 없고 천해검법을 배울 생각은 추호도 없소."

당검비는 자신의 귀를 의심했다.

"나는 방금 본 문의 성명검법인 천해검법을 해남비룡문에 전수하겠다고 말했소."

"필요 없소."

당검비는 발끈했다.

"본 문을 얕보는 것이오? 아니면 천해검법이 무엇인지 모르는 것이오?"

"내가 원하는 것은 귀하들이 더 이상 우리를 귀찮게 하지 않는 것이오."

혈기왕성한 젊은 피의 당검비는 화운룡이 얼마나 형편없는지를 깨닫게 해줘야겠다고 생각했다.

"내 일초식을 받아내면 깨끗이 물러나겠소."

"나 말이오?"

"그렇소. 내가 공격하는 천해검법 일초식을 귀하가 피하거나 막으면 깨끗이 물러나겠소."

화운룡은 어깨를 으쓱했다.

"나는 하고 싶지 않소."

당검비는 미간을 찌푸렸다.

"겁나는 것이오?"

그는 상대를 조롱하거나 비웃지는 않았다. 좋은 성격이다.

장하문은 화운룡이 어째서 당검비와 싸우지 않으려는 것인지 이유를 안다.

이즈음 화운룡의 공력은 오 년까지 회복되었으며 청룡전광검 일초식 오변(五變)까지 터득한 상태다.

무극사신공 청룡전광검은 가히 천하제일검법이라고 해도 무방할 정도의 극쾌검법이다.

얼마 전에 화운룡이 창안한 비룡운검보다도 한 수 위의 검법이다.

화운룡이 오 년의 공력으로 청룡전광검 일초식 오변까지 전개한다면 당검비는 검을 뽑기도 전에 죽고 말 것이다.

비록 오 년 공력이지만 그 정도로 청룡전광검이 극강하다는 것이다.

현재 화운룡의 능력으로는 청룡전광검을 단 한 번 전개할 수밖에 없지만, 당검비 정도는 그것으로 충분하다.

장하문이 탁자 옆으로 천천히 걸어 나가며 중얼거렸다.

"할계언용우도(割鷄焉用牛刀)."

"뭣이?"

좋은 성품을 지니기는 했으나 아직 수양심이 부족한 당검비는 발끈했다.

장하문이 '닭 잡는 데 소 잡는 칼이 필요하지 않다'라고 말했기 때문이다.

바꿔서 말하면 당검비는 닭이라는 뜻이다.

　　　　　*　　　　　　*　　　　　　*

화운룡은 가족들하고 조용하게 살기를 원하는데 그가 일초식에 당검비를 꺾으면 또 한바탕 일대파란이 일어날 것이다.

진검문 감중기하고 사해검문 당검비는 수준 자체가 다르다. 두 사람은 타고난 천부적 자질부터 다르고 각자 익힌 검법도 다르다.

당검비는 장하문의 기개가 헌앙한 것을 보고 범상하지 않다고 여겼다.

"귀하는 누구요?"

"소문주의 수하외다."

거창하게 군사니 뭐니 하는 것보다는 그냥 수하라고 해야 구설수에 오르지 않는다.

당검비는 장하문이 보통 인물이 아니라고 한눈에 간파했지만 자신의 상대는 못 된다고 판단했다.

"나는 일단 공격을 하면 사정을 봐주지 않소. 귀하는 조심하기 바라오."

장하문은 빙긋 미소를 지었다.

"그러겠소."

겸손은 장하문의 여러 미덕 중에 하나다.

장하문은 원래 검을 지니고 다니지 않기에 전중이 들어와서 그에게 공손히 검을 건넸다.

당검비는 장하문이 검실을 어깨에 메고 끈을 다 묶도록 기다렸다가 대전 한가운데로 걸어 나갔다.

당검비는 다섯 걸음 앞에 마주 보고 선 장하문을 보며 천천히 어깨의 검을 뽑아 그를 가리켰다가 오른쪽 옆 수평으로 길게 뻗었다.

"검을 뽑으시오."

장하문은 조용히 말했다.

"본 문의 비룡운검은 발검초식이오."

당검비는 어이없는 쓴웃음이 나오려는 것을 참았다.

싸움에 임할 때 검을 이미 뽑은 사람과 아직 뽑지 않은 사람의 차이는 크다.

미리 검을 뽑은 사람은 공격을 하고 있는데 상대는 뒤늦게 검을 뽑아, 그 간발의 차이가 승패를 가르기 때문이다.

그런데도 일부 겉멋을 추구하는 어리석은 자들은 말하기 좋게 발검초식을 고집한다.

당검비는 장하문도 그런 자들 중에 한 명이라고 짐작했다.

"조심하시오!"

쉬익!

당검비는 나직한 외침과 함께 장하문에게 돌진하면서 오른쪽으로 뻗었던 검을 정면으로 그으며 번개같이 검첨을 세 번 떨었다.

장하문과의 거리가 다섯 걸음이지만 당검비가 돌진하자 순식간에 절반으로 좁혀졌다.

그와 동시에 돌진하면서 몸을 뒤집어 천장을 보는 자세로 몸을 날리며 장하문의 얼굴과 상체 세 곳을 찔러갔다.

당검비는 이 공격에 전력을 다했다. 그는 상대를 봐주면서 대충 공격하지 않는다. 일단 공격하면 최선을 다한다는 것이 그의 신념이다.

그리고 그는 꽤나 준수하고 성품이 마음에 드는 청년이 이 일초식에 죽을 것이라고 확신했다.

쩌쩌쩡! 카캉!

당검비가 뒤집었던 몸을 바로 할 때 검과 검끼리 부딪치는 날카로운 음향이 터졌다.

"……!"

당검비는 자신의 일초식 여섯 번의 공격을 장하문이 막아냈다는 사실에 놀라면서 고개를 들어 전면을 봤다.

장하문이 오른손에 검을 쥔 채 묵직하게 뒤로 서너 걸음

물러나고 있는 모습이 보였다.

그가 발검조차 못할 것이라고 여겼는데 발검을 하고 자신의 공격을 모두 막아내자 당검비는 순간 어이없는 표정을 지었다가 이를 악물었다.

타앗!

당검비는 쏘아 가는 여세를 빌어 발끝으로 바닥을 딛는 순간 다시 박차면서 몸을 뒤집어 엎드린 자세로 재차 쏘아 가며 검을 떨쳤다.

이번 공격은 이초식이다.

당검비는 애초에 일초식을 피하거나 막으면 물러나겠다고 했는데 그의 승부욕이 허락하지 않았다.

또한 당검비는 일초식 때보다 더욱 전력을 다해 이초식을 전개하며 순식간에 장하문 면전에 쇄도하면서 삼엄한 검막(劍幕)을 펼쳐 그가 피하지 못하게 만드는 한편 맹렬하게 심장과 목을 찔러갔다.

당검비는 이번에는 장하문이 절대로 막거나 피하지 못할 것이라고 확신했다.

장하문은 방금 전에 비룡운검 일초식으로 당검비를 충분히 죽일 수 있었지만 그러지 않았다.

당검비의 공격을 막아낼 필요도 없었다. 단지 그가 보인 허점 속으로 검을 찔러 넣기만 하면 되는 일이었다.

그런데도 장하문은 그러지 않았을 뿐 아니라 일부러 당검비의 검을 막으면서 힘에 부친 척하며 뒤로 물러나기까지 했다.

당검비의 일초식만 막으면 그만이기 때문이다.

장하문이 강함을 내보여서 좋을 게 없다. 그것은 모두에게 폐가 된다.

그는 물러나면서 쩌렁하게 외쳤다.

"이것은 이초식이오!"

"……."

공격하던 당검비는 번쩍 정신이 들었다.

순간 그는 다급하게 검을 거두면서 바닥으로 몸을 날렸다.

쿠당탕!

"으윽……."

당검비는 대전 바닥에 나뒹굴어 몇 바퀴나 구르고 밀렸다가 겨우 멈추었다.

그는 벌떡 일어나서 얼굴을 붉히며 검을 안으로 말아 쥐고 포권을 했다.

"미안하오. 잠시 이성을 잃었소."

자신의 실수를 곧바로 인정하는 그는 괜찮은 성격의 소유자다. 성격이 급한 것은 젊으니까 어쩔 수가 없다.

젊으면서도 깊은 수양심까지 갖춘 사람은 팔십사 세까지

살다가 돌아온 화운룡 정도에 불과했다.

"괜찮소."

장하문은 검을 검실에 꽂고 나서 손을 내저었다.

당검비는 착잡한 표정을 지었다.

"해남비룡문이 본 문의 태주지부가 된다면 서로에게 굉장한 이득이 될 텐데……."

그는 탁자 앞에 앉아 있는 화운룡과 자신의 앞에 서 있는 장하문이 아무런 반응을 보이지 않자 검을 검실에 꽂고 정중하게 포권을 했다.

"약속대로 물러가겠소."

그가 몸을 돌려 대전 입구로 걸어가자 정무령과 또 한 명의 고수가 급히 뒤쫓았다.

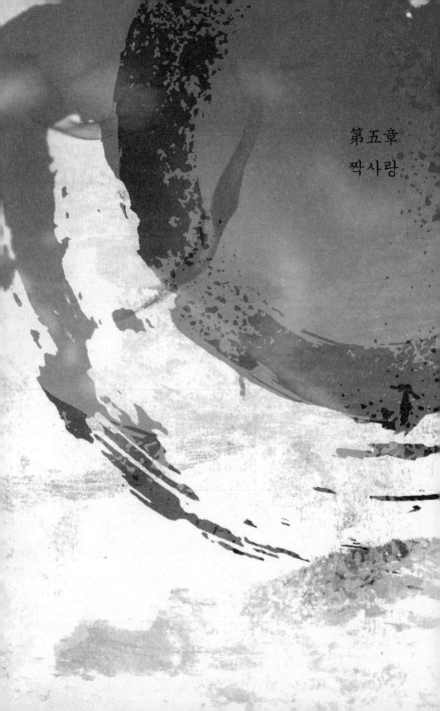

第五章
짝사랑

　장하문은 화운룡을 내내 기다렸다가 저녁 식사 때가 돼서
야 식탁에서 겨우 만날 수 있게 되었다.

　화운룡이 점심 식사도 거른 채 아침부터 연공실에만 틀어
박혀 있었기 때문이다.

　"보고드릴 것이 있습니다."

　화운룡은 옆에 앉은 소랑이 밥에 올려준 요리를 집어 먹으
면서 말하라고 고개를 끄덕였다.

　장하문은 이미 태주현은 물론이고 강소성의 전반적인 정보
들을 꿰고 있었다.

화운룡은 한쪽에서 전중과 나란히 앉아 식사하는 연랑을 가볍게 꾸짖었다.

"연랑아, 씩씩하게 먹어라."

"네!"

연랑은 화들짝 놀라서 갈라진 목소리로 크게 대답하고는 밥그릇에 코를 묻을 정도로 부지런히 퍼먹었다.

장하문이 보고를 했다.

"본 문 옆의 장원을 사들였습니다. 이로써 전각 열두 채가 늘었으며 문하 제자 이백여 명의 숙식이 해결됐습니다."

"잘했네."

"본 문의 내문제자가 삼백오십 명이고 외문무사가 이백 명이 되어 도합 오백오십 명입니다. 어제로 문하 제자 모집을 중단했습니다."

문하 제자나 문중 무사의 수가 오백오십 명이면 중견 방파, 문파라고 할 수 있다.

태주현 제일문파 자리를 다투던 진검문과 형산은월문의 문하 제자 수가 백이삼십 명 수준이었다.

그런데 해남비룡문이 오백오십 명이라니, 단번에 태주현 제일문파 자리를 꿰차고도 넘치는 수다.

하지만 그런 단순한 셈법은 맞지 않는다.

해남비룡문의 오백오십 명 중에서 실제로 문하 제자라고

분류할 수 있는 사람은 본래 있던 이십여 명에 문객 이십여 명, 그리고 진검문에서 넘어온 백이십여 명을 합쳐서 전체 백육십여 명 정도라고 할 수 있다.

나머지 삼백구십여 명은 지난 며칠 동안 방을 보고 몰려든 사람들이다.

앞으로 그들 중에서 진정한 해남비룡문의 문하 제자가 몇 명이나 남을지는 아직 미지수다.

장하문은 그들 중에서 마지막까지 남을 인원을 오십여 명으로 보고 있다.

어중이떠중이 쓸모없는 자들은 가차 없이 쳐낸다는 것이 그의 계획이다.

그렇게 해서 최종 오십여 명을 골라내면 해남비룡문의 문하 제자는 전체 이백십 명 내외가 될 것이다.

그중 백 명을 외문무사로 양성하여 해룡상단의 전담 호위무사로 따로 떼어내서 만성 고질적인 호위무사 부족 현상을 해소할 예정이다.

그렇게 되면 해남비룡문에는 내문제자, 즉 정식 문하 제자가 백십 명만 남게 되는데 그 정도 수면 적절한 소문파 수준이라고 할 수 있었다.

운룡재 이 층에는 저 멀리 강이 내려다보이는 창밖에 제법 넓은 노대(露臺: 난간)가 있으며 화운룡과 장하문은 거기에서 술을 마시고 있다.

지금 화운룡은 꽤 오랫동안 고민을 하고 있는 중이었다. 조금 전에 장하문이 그에게 '주군, 장차 무엇을 하고 싶으십니까?'라고 물었기 때문에 대답을 고민하고 있는 것이다.

화운룡은 강을 바라보고 있지만 공력이 없는 그의 눈에는 강이 보이지 않는다.

장하문은 화운룡의 대답을 참을성 있게 기다렸다. 화운룡이 뭐라고 대답할지는 모르겠으나 천하무림의 제패라든가 천하제일인이 되고 싶다는 것이 아닌 것만은 분명하다.

왜냐하면 화운룡은 이미 천하무림을 제패했으며 천하제일인이 돼봤기 때문이다.

또한 그가 해남비룡문을 태주현 제일문파 정도로만 키워서 아버지의 소원을 이루어주고 싶다는 말을 했다는 것은 무림에 대한 야망이 없다는 뜻이기도 하다.

사실 화운룡은 이미 무엇을 하고 싶은지 정해놓았으나 그러면서도 대답을 하지 못하는 이유는 장하문 때문이다.

화운룡은 이번이 두 번째 삶이지만 장하문은 최초이며 한 번뿐인 삶이다.

그러므로 그는 무인으로서, 그리고 군사로서 그 나름의 야심찬 포부가 있으며 그것이 천하무림의 일통이라는 사실을 화운룡은 잘 알고 있다.

그런데 화운룡이 그것을 무시한 채 자신의 포부만 밝히기가 곤란한 것이다.

그것은 장하문에게 너의 포부 따위는 접어두고 무조건 나를 따르라고 희생을 강요하는 것이다.

원래 군사는 무조건 주군의 뜻에 복종해야 하지만 화운룡은 그렇게 무지막지한 사람이 아니다.

장하문은 화운룡이 무엇 때문에 대답을 망설이고 있는지 짐작하고 있지만 아무 말도 하지 않고 기다렸다.

이윽고 화운룡이 보이지 않는 강에 시선을 고정시킨 채 조용히 물었다.

"하룡, 자네 포부는 무엇인가?"

"저는……."

장하문은 화운룡이 응시하고 있는 강을 같이 바라보았다. 공력이 일 갑자에 이르는 그의 눈에는 유유히 흐르는 강물이 잘 보였다.

"주군 곁에 머무는 것입니다."

문득 화운룡은 씁쓸한 미소를 지었다. 장하문이 자신의 포부, 아니, 야망을 꺾었기 때문이다.

지난번 장하문이 해남비룡문에 찾아왔을 때 화운룡은 그에게 자신이 누구인지 밝히면서 이런 말을 했다.

"내가 아니라 우리 둘이 천하무림을 일통했네. 자네를 만난 지 삼십이 년 만의 일이었네."

장하문이 삼십오 세 때 화운룡을 만났으니까 그렇다면 장하문이 육십칠 세 때, 그리고 화운룡이 육십이 세 때 두 사람이 천하무림을 일통했다는, 아니, 할 것이라는 얘기다.

하지만 천하무림을 일통하는 삼십이 년 동안의 짜릿한 매 순간마다 화운룡은 그 자리에 있었지만 장하문은 없었다.

장하문은 지금까지 살아오면서 그런 가슴 벅찬 승리감과 성취감을 한 번도 느껴본 적이 없다. 기뻤던 적은 있었다. 바로 화운룡을 만났을 때였다.

만약 화운룡이 자신의 포부가 천하무림의 일통이라고 말한다면 천하무림 일통을 두 번 이루려고 하는 것이지만 장하문으로서는 처음이다.

그러니까 포부를 천하무림의 일통으로 정한다면 화운룡이 희생하는 것이 될 것이고, 그렇지 않으면 장하문이 희생하는 것이 된다.

"다시 말씀드리겠습니다."

장하문이 강에서 시선을 거두어 화운룡을 바라보며 진지한 표정으로 말했다.

"저의 포부는 주군이 무엇을 하시든 죽을 때까지 주군 곁에 머무는 것입니다."

그는 화운룡이 장하문 자신 때문에 억지로 포부를 바꿔서는 안 된다고 생각했다.

화운룡은 강에서 시선을 거두지 않았다.

그리고 장하문이 그의 빈 잔에 술을 따랐다.

"이제 주군의 포부를 말씀해 주십시오."

"음……."

장하문의 말에 화운룡은 낮은 신음 소리를 흘렸다.

잠시 더 뜸을 들이다가 화운룡은 정말로 하기 어려운 말을 꺼냈다.

"나는 동정이네."

"……."

장하문은 그 말이 무슨 뜻인지 이해하지 못해서 의아한 얼굴로 그를 쳐다보았다.

화운룡은 씁쓸한 표정을 지었다.

"나는 지금까지도 동정의 몸일세."

타의 추종을 불허할 정도의 천재인 장하문으로서도 화운룡의 말뜻을 쉽게 이해하지 못하고 한동안 눈을 깜빡이면서 생각한 후에야 깨달았다. 그 정도로 화운룡의 말, 아니, 고백은 충격적이었다.

"아……."

주군의 면전에서는 무엇이든지 조심해야 하고 더구나 내심을 겉으로 드러내는 일은 불경이라고 여기는 장하문이지만 지금 그의 얼굴에는 경악과 당혹함, 그리고 불신이 복잡하게 섞여서 가득 떠올랐다.

설마 화운룡이 팔십사 세가 되도록 여자와 동침을 해본 적이 없는 동정일 줄은 상상조차 하지 못했다.

그런데 그때 화운룡의 입에서 흘러나온 말이 장하문을 더욱 경악하게 만들었다.

"자네도 마찬가질세."

"……."

장하문은 방금 전보다 더 충격을 받고 멍한 표정을 지었다가 갑자기 화드득 놀랐다.

"무… 슨 말씀이신지……."

화운룡은 진한 동료애를 느끼는 듯한 표정을 지었다.

"자네 칠십구 세로 죽을 때까지 동정이었다는 말이야."

장하문이 동정이었기 때문에 동병상련의 심정으로 같이 늙어갔던 것이 얼마나 다행인지 몰랐다는 화운룡의 내심이 조금 내비쳤다.

"설마……."

화운룡은 왼팔을 그의 어깨에 걸쳤다.

"그러니까 우린 동정 상태의 주종(主從)인 셈이지."

장하문은 후드득 몸서리를 쳤다.

"아아… 섬뜩합니다, 주군."

상상해 보라. 바늘과 실 같은 사이인 주군과 군사가 평생 동정의 몸으로 나란히 늙어가는 모습을……

*　　　*　　　*

장하문은 애가 탈 정도로 궁금한 표정을 지었다.

"저는 혼인하지 않은 것이로군요."

"그래."

"사랑하는 여인도 없었습니까?"

"있었지."

장하문은 반색했다.

"누… 구였습니까?"

"궁금한가?"

장하문은 마른침을 꿀꺽 삼켰다.

"궁금합니다."

"자네도 잘 알고 있는 여자라네."

"……"

"그녀는 제남에 살고 있다네."

"아……."

장하문은 움찔 놀랐다. 제남에 사는 여자라면 그도 알고 있다. 아니, 알고 있는 정도가 아니다.

왜냐하면 지금 현재 그의 가슴속에 품고 있는 사랑하는 여자가 바로 그녀이기 때문이다.

화운룡은 장하문의 어깨에서 팔을 내리고 술을 마신 후에 말을 이었다.

"자네는 십구 세에 그녀를 처음 만났으며 그 후 가끔 그녀를 만나러 제남까지 먼 길을 다녀오곤 했네. 합비 태극신궁에 있을 때도 몇 번인가 그녀를 만나러 갔을 걸세."

장하문은 자신이 사랑하고 있는 한 여자의 모습을 떠올리며 고개를 크게 끄떡였다.

"맞습니다. 그녀는 저의 사매이며 그녀를 사랑하고 있고 또 우리는 가끔 만났습니다."

"그녀도 자넬 사랑하고 있지."

장하문은 알 수 없다는 표정을 지었다.

"우리는 서로 사랑하고 있으며 장차 혼인을 약속했습니다. 그런데 어째서……."

화운룡은 담담한 얼굴로 알려주었다.

"자네들은 혼인하지 못했네."

"무엇 때문입니까?"

화운룡은 씁쓸한 표정을 지었다.

"내가 그녀의 아버지를 죽였기 때문이지."

"아······."

장하문은 어떻게 된 일인지 즉시 깨달았다.

그가 사랑하는 여자 백진정(白眞晶)의 부친 백청명(白淸明)은 산동성 제남의 패자(覇者)다.

제남은 이곳 태주현보다 열 배 이상 더 큰 거대한 대도(大都)이며 백청명이 궁주로 있는 은한천궁(銀漢天宮)은 제남에서 제일방파를 다투는 대방파다.

화운룡이 천하무림을 일통하고 천하제일인이 되려면 반드시 제남의 패자 은한천궁을 수중에 넣고 백청명을 굴복시키거나 아니면 궤멸시켜야만 가능하다.

그러나 백청명은 부러질지언정 꺾일 위인이 아니었다. 장하문이 생각했을 때 그는 화운룡의 수하가 되느니 죽음을 선택한 것이 분명하다.

필시 그 계획은 군사인 장하문이 짰을 테고 실행은 화운룡이 했을 것이다.

그래서 백청명을 죽인 것이다. 천하무림의 일통 때문에 연인의 부친을 죽게 한 것이다.

강직한 장하문의 성격으로는 사랑하는 연인 백진정 때문에 은한천궁을 비껴가지 않았을 터이다. 그에게는 연인보다 주군이 더 중요했을 테니까 말이다.

그러므로 백진정은 가문을 멸문시키고 아버지를 죽인 화운룡과 그의 군사 장하문을 저주했을 테니 그녀가 장하문과 혼인을 한다는 것은 말이 되지 않는 일이다.

"그랬군요."

장하문은 맥이 쭉 빠졌다.

만약 화운룡이 이번 생에서도 천하무림의 일통이라는 야망을 품는다면 장하문은 이번에도 역시 은한천궁을 멸문시키는 책략을 세워야만 할 것이다.

화운룡은 조용한 목소리로 말했다.

"나는 천하무림의 일통을 원하지 않네."

그는 잔을 장하문의 잔에 살짝 부딪쳤다.

쨍!

"자네는 서둘러서 백진정과 혼인하도록 하게."

장하문은 묘한 안도감을 느꼈다.

"감사합니다."

이제 장하문이 화운룡에게 물어야 할 것이 하나 남았다.

"주군께선 정인(情人)이 있으십니까?"

"없네."

"마음에 두신 여인이라도……."

"후우……."

화운룡은 한숨을 내쉬며 씁쓸한 표정을 지었다.

"그녀를 평생 짝사랑했네."

"아……."

화운룡이 누군가를 짝사랑했다는 말에 장하문은 앉아 있는 의자와 함께 몸이 아래로 푹 꺼지는 것을 느꼈다.

천하제일인 십절무황 화운룡이 한 여자를 평생토록 짝사랑했었다니…….

그러나 화운룡이 여자에 대해서 얼마나 숙맥인지 안다면 장하문도 그것을 이해할 것이다.

"그녀가 누군지 여쭈어봐도 되겠습니까?"

화운룡은 먼 곳을 보며 회상하듯이 중얼거렸다.

"그녀는 주옥봉이라고 하네."

무불통지인 장하문으로서도 그런 이름을 들어본 적이 없다. 그녀의 명성이 아직 천하에 알려지기 전이기 때문이다.

"나는 삼십 세 때 그녀를 처음 만났는데 그때 그녀 나이가 이십칠 세였네."

"아……."

장하문은 주옥봉이라는 여자의 나이가 현재 십칠 세라는 사실에 나직한 탄성을 흘렸다.

그는 화운룡의 씁쓸한 표정을 바라보았다.

천하를 정복한 사내지만 사랑하는 여인을 얻지 못하고 평생 홀로 가슴앓이를 했을 화운룡의 아픔이 조금쯤은 느껴지는 것 같았다.

"가시죠."

장하문이 불쑥 말하자 화운룡은 의아한 표정을 지었다.

"어딜 말인가?"

장하문은 당연하다는 듯 대답했다.

"주모(主母)를 뵈러 가야지요."

"자네……."

장하문은 공손히 고개를 숙였다.

"이제부터 주군의 천하는 주옥봉 주모이십니다."

주군과 군사는 이날 밤 자신들의 목표를 천하일통으로 삼는 대신 두 여자를 얻는 것으로 대신했다.

화운룡은 화제를 바꿨다.

"조금 신경 쓰이는 일이 있네."

"말씀하십시오."

화운룡은 육십사 년 전 삼월 십이 일에 철사보가 급습하여 해남비룡문이 멸문했는데 현실에서는 창혼부가 습격했다가 실패했던 일을 설명했다.

"그리고 육십사 년 전에는 사해검문이 본 문을 태주분타로 만들려고 하지 않았네."

장하문은 곰곰이 생각하고 나서 자신의 의견을 말했다.

"제가 경고를 했기 때문에 철사보가 본 문을 습격하지 않은 것이고, 창혼부 역시 철사보처럼 본 문을 노리고 있었던 것 같습니다."

"흠, 그런가?"

육십사 년 전에는 철사보가 이미 해남비룡문을 멸문시켰기 때문에 창혼부는 해남비룡문을 습격할 수 없었다.

그렇지만 현실에서는 해남비룡문이 철사보의 습격으로부터 살아남았기 때문에 창혼부가 습격을 할 수 있었다는 얘기다.

"그리고 말씀드리기 송구하지만, 육십사 년 전에 사해검문이 본 문을 태주분타로 삼으려는 시도가 실제로 있었을지도 모릅니다. 다만 육십사 년 전의 주군께선 본 문의 일에는 관심이 없고 밖으로만 나돌아 다니셨기 때문에 그 일을 모르고 계셨을 것입니다."

화운룡은 고개를 끄떡였다.

"나도 그렇게 생각했지만 왠지 조금 껄끄러워서 말이야."

장하문은 미소를 지었다.

"주군께선 저와 벽상의 일은 정확하게 예상하셨잖습니까?"

"그건 그렇지."

화운룡은 염려하는 표정을 지었다.

"원래는 본 문이 멸문해야지만 운명적으로 맞는 걸세."

그는 술잔을 만지작거렸다.

"그런데 내가 현재로 회귀하면서 본 문을 살렸네."

"주군께서 운명을 바꾸신 거죠."

"그래. 내가 운명을 바꾼 것이지. 그래서 그것 때문에 앞으로의 운명이나 역사의 본래 틀이 바뀔 수도 있을 것이라는 생각이 드네."

"그럴 수도 있겠군요."

"운명의 강의 흐름을 내가 바꿔놓았으니까 강이 다른 곳으로 흐를지도 몰라."

장하문은 어쩌면 화운룡의 말이 맞을지도 모른다고 생각했다.

막화는 거리로 나섰다.

화운룡이 녹봉을 선불로 은자 백 냥이나 주었기 때문에 집을 구하려는 것이다.

여태까지는 월세로 방을 한 칸 얻어서 사용했다. 그러나 방 한 칸을 막화와 누이동생 둘이서 같이 사용하는 것은 여러모로 불편했다.

막화 부모는 자신들이 하인과 하녀로 있는 해남비룡문 내에서 지내고 있다.

막화는 자신과 누이동생도 장차 해남비룡문의 하인과 하녀가 되는 것이 싫어서 열다섯 살 때 다섯 살 터울의 어린 누이동생을 데리고 해남비룡문을 나와 태주현 내에서 생활을 해오고 있다.

이제부터 매월 은자 백 냥이라는 엄청난 녹봉이 생기게 됐으므로 근사한 집을 구할 수 있고, 누이동생도 허드렛일을 시키지 않아도 될 터이다.

그동안 모아놓은 돈이 있으니까 그걸 합쳐서 은자 백오십 냥 정도면 마당에 주방, 방 두어 칸짜리 집을 한 채 살 수 있을 것이다.

태주현 곳곳을 손금 보듯이 훤한 막화는 괜찮은 집들이 많고 생활하기 편리한 장주(蔣舟) 거리 쪽으로 잰걸음을 옮겼다.

막화는 거리에 못 보던 자들이 더러 눈에 띄는 것을 그냥 스쳐 지나지 않았다.

이각 전에 처음 수상한 자 세 명을 발견했을 때에는 그러려니 했다.

그런데 잠시 후에 또 다른 수상한 자 세 명을 다시 발견하고는 그냥 지나치지 않았다.

처음 발견한 세 명과 두 번째로 발견한 세 명은 비슷한 행색을 하고 있었다.

하오배 생활을 오 년째 해오고 있는 막화는 그들이 녹림인이라는 것을 한눈에 알아보았다.

처음에 봤을 때에는 녹림인 세 명이 태주현에 올 수도 있다고 생각했으나 또 다른 녹림인 세 명을 두 번째로 발견하고는 뭔가 이상하다고 생각했다.

그리고 녹림인이라고 확신하는 자를 세 번째로 발견한 막화는 그들의 뒤를 미행하기 시작했다.

세 번째로 발견한 녹림인은 세 명이며 첫 번째와 두 번째하고는 다른 자들이었다.

녹림인이 아홉 명씩이나 태주현 내에 돌아다닌다는 것은 그냥 심상하게 봐 넘길 일이 아니다.

막화가 보낸 탁목방 졸개 한 명이 해남비룡문으로 와서 화운룡을 만났다.

"그래?"

화운룡은 졸개에게 은자 닷 냥을 줘서 돌려보내고 장하문을 불렀다.

아버지 화명승에게 해룡상단에 대해서 조언을 해주고 있던 장하문은 즉시 화운룡에게 달려왔다.

"주군, 무슨 일입니까?"

"녹림 무리가 현내에 득실거리고 있다는 막화의 전갈이야."

화운룡은 운룡재를 나섰다.

"막화가 현 북쪽의 주루로 오라는 거야."

"그가 녹림인들을 미행하고 있군요."

장하문이 화운룡을 멈추게 했다.

"주군께선 여기에 계십시오. 제가 전중을 데리고 막화를 만나겠습니다."

화운룡은 고개를 끄떡였다.

"알았네."

어쩌면 촌각을 다투는 상황이 될지도 모르니까 화운룡은 이곳에서 습격에 대비하라는 뜻이다.

장하문과 같이 갔던 전중이 반시진 만에 돌아와서 보고했다.

"주군, 철사보 녹림 무리가 현 북쪽 야산에 속속 모여들고 있으며 현재 백오십여 명이 운집했습니다."

"철사보가 확실한가?"

"막화가 주루에서 놈들의 대화를 엿들었는데 내일 새벽 축시에 본 문을 급습한다고 했습니다."

"내일 새벽 축시라고?"

막화가 주루에서 녹림인들의 대화를 엿들었다면 그보다 확실한 것은 없다.

화운룡은 빠르게 궁리했다.

현재 해남비룡문의 정예라고 할 수 있는 무사는 진검문에서 합류한 백이십 명과 해남비룡문 자체의 삼십 명 도합 백오십여 명이 전부다.

나머지는 입문한 지 얼마 되지 않는 오합지졸이라서 도움이 되지 않는다.

지금이 신시(申時: 오후 4시경)니까 내일 새벽 축시라면 준비할 여유가 있다.

"너 다녀올 곳이 있다."

전중은 철사보의 습격 때문에 바짝 긴장한 표정이다.

"말씀하십시오."

화운룡의 명령을 들은 전중은 전문으로 화살처럼 달려갔다.

화운룡은 그 모습을 지켜보다가 발길을 돌렸다.

화운룡은 해남비룡문의 간부급들을 불러 모았다.

철사보가 해남비룡문을 습격하기 위해서 모여들고 있다는 그의 말을 듣고 모두들 크게 놀랐다.

총관인 큰매형 반도정은 화명승과 함께 해룡상단 일을 하러 외부에 나가 있는 중이라서 현재는 사범인 둘째 매형 차도익과 큰누나 화문영이 해남비룡문 일을 총괄하고 있다.

차도익과 화문영은 놀라서 말을 못 하고 있는데 경험이 풍부한 총전주 감형언이 화운룡에게 물었다.

"어쩔 생각이오?"

"우리가 놈들을 급습한다."

감형언과 채오를 비롯한 다섯 명의 전주가 움찔하며 표정
이 변했다.

그들이 놀란 이유는 야산에 모이고 있는 철사보를 이쪽에
서 급습할 것이라는 사실과 화운룡이 감형언에게 대뜸 하대
를 한 것 두 가지 때문이다.

감형언이 비록 해남비룡문의 총전주가 됐지만 얼마 전까지
만 해도 진검문주였으며 화운룡보다 나이가 다섯 살이나 많
은 감중기의 부친이다.

그런데 화운룡이 거침없이 하대를 한 것 때문에 감형언 등
은 불쾌함을 감추지 않았다.

하지만 화운룡은 평소에 자신이 스무 살 청년이라는 사실
을 자각하지 못하고, 또 얼마 전까지 천하제일인 십절무황이
었기 때문에 신경을 쓰지 않으면 아무한테나 하대를 하게 되
는 습관이 있다.

화운룡은 감형언 등의 표정이 좋지 않은 것을 보고 자신의
실수를 즉시 깨닫고 가볍게 고개를 숙였다.

"죄송합니다."

아버지와 비슷한 나이인 감형언에게는 예의를 갖춰야 할 것
같았다.

"형산은월문과 태주현에 와 있는 통천방 고수 열 명에게 도움을 청했습니다."

감형언은 화운룡이 즉시 사과하자 방금 전의 일을 마음에 두지 않았다.

"그렇다면 해볼 만하오. 더구나 우리는 급습으로 놈들의 허를 찌르는 것이니까 충분히 승산이 있소."

"승산 갖고는 안 됩니다. 우리 쪽의 피해를 최소화하고 철사보를 몰살시켜야 합니다."

감형언이 미간을 좁혔다.

"아무리 녹림 무리라고 해도 놈들은 경험이 풍부하고 잔인무도하기 때문에 우리 쪽의 피해도 감수할 수밖에 없소."

"철사보에 대해서 잘 아십니까?"

화운룡의 물음에 감형언을 비롯한 일곱 명은 얼굴 가득 분노를 떠올렸다.

"진검문 시절 삼 년 전에 철사보가 상선 다섯 척을 노략질하고 사람들이 탄 채로 불태웠소."

감형언이 착잡하게 말하자 채오가 말을 이었다.

"그 일로 진검문은 크게 쇠퇴했으며 그때부터 재정적으로 궁핍하게 되었소."

개망나니 잡룡이었던 화운룡으로서는 처음 듣는 얘기다.

어쨌든 감형언을 비롯한 옛 진검문 사람들은 철사보에 철천

지원이 있다는 뜻이다.

그들로서는 이번 기회에 철사보에 복수를 할 수 있게 됐으니 잘된 일이다.

*   *   *

화운룡이 직접 진두지휘하겠다는 말에 장하문은 걱정스러운 표정을 지었다.

"설마 제가 못 미더우십니까?"

"그럴 리가 있나. 그저 힘 하나를 보태려는 거야."

장하문은 화운룡이 고집을 꺾지 않을 것이라고 생각했다.

"잠시만 기다리십시오."

장하문은 방에서 나갔다가 곧 돌아왔는데 손에는 헝겊으로 싼 긴 물건이 들려 있었다.

"이것을 드리겠습니다."

화운룡은 장하문이 두 손으로 공손히 내민 물건이 무엇인지 짐작했다.

"무황검인가?"

"어떻게 아셨습니까?"

장하문이 우연한 기회에 손에 넣은 명검을 예전 삶 때 화운룡에게 바쳤는데 이름을 무황검이라고 지었다.

화운룡은 빙긋 미소 지으며 물건을 받아 헝겊을 풀었다.

"무황검 이전의 이름이 뭐였는지 아나?"

"뭐였습니까?"

화운룡은 불그스름한 색에 아무런 문양이 없는 검실을 쓰다듬었다.

"용명검(龍鳴劍)이야."

"용의 울음입니까?"

"내가 검을 잡으면 울었거든. 들어볼 텐가?"

화운룡은 검실을 왼손에 잡고 오른손으로 검파를 잡았다.

후우웅…….

그러자 검이 은은하면서도 나직하게 울었다.

"오오……."

심금을 울리는 듯한 검명은 마치 용의 울음소리 같았다.

"제가 여러 번 그 검을 뽑았지만 용음은 나지 않았습니다. 역시 이 검의 주인은 주군이시군요."

장하문은 화운룡이 검을 뽑지 않는 것을 보고 노파심에 한마디 했다.

"무황검은 주군께 익숙한 검이고 또 일반 검에 비해 절반 무게밖에 나가지 않습니다."

무게가 일반 검의 절반이니까 공력이 없는 화운룡이 다루기 편하다는 뜻이다.

화운룡은 자신을 염려하는 장하문의 마음을 읽었다.

"알았네."

"감사합니다."

장하문은 환한 표정을 짓더니 허리를 굽혔다.

화운룡에게 무황검은 독수리의 날개이며 호랑이의 이빨이다. 무황검을 손에 쥐면 두려운 것이 없다.

그는 무황검을 젓가락보다 더 잘 다루었다.

장하문이 흐뭇한 표정으로 말했다.

"작전대로 수하들을 배치했습니다. 가시지요."

작전은 장하문이 짰다.

태주현 북쪽 야산 아래 우거진 숲속에 모여 있는 철사보 녹림 무리의 수가 삼백여 명에 달했다.

철사보주 귀광도 두굉은 애당초 해남비룡문을 습격할 생각이 없었으나 자신을 암살하려다가 실패한 살수의 입에서 화운룡이 살인청부를 했다는 말을 듣고는 크게 분노하여 생각을 바꿨다.

두굉은 이참에 아예 해남비룡문을 초토화시키고 재물을 깡그리 탈취할 계획이다.

일전에 창혼부가 해남비룡문을 급습하려다가 실패한 전철이 있기 때문에 두굉은 이번 급습에 만전을 기했다.

그렇다고 해서 해남비룡문이 저항할 것에 대한 걱정은 눈곱만큼도 하지 않았다.

축시면 다들 잠에 취해 있을 테니까 진검문이 해남비룡문에 흡수됐다고 해도 걱정할 게 없다.

다만 창혼부 때처럼 자신들의 습격을 미리 눈치채고 해남비룡문이 또 도망칠까 봐 염려할 뿐이다.

사월 초순이라고 하지만 밤에는 날씨가 제법 쌀쌀했으나 두굉은 일체 불을 피우지 못하도록 했다.

이끌고 온 수하 삼백여 명은 철사보의 전체 인원이다.

수하들에겐 갖고 온 건육으로 허기를 채우라 이르고 술도 마시지 못하게 했다.

삼백여 명은 우거진 숲 여섯 군데에 오십여 명씩 웅크리고 있으며 각 무리의 거리는 십 장 내외다.

두굉은 푹신한 호피에 길게 누워서 눈을 감은 채 물었다.

"시각이 얼마나 됐느냐?"

"해시(亥時: 밤 10시경)가 지났습니다."

"한 시진만 자겠다."

말하고 나서 두굉은 곧 잠이 들었다.

두굉은 한 시진을 채우지 못하고 반시진 만에 수하에 의해서 깨워졌다.

"보주, 일어나십시오."

"우움… 시간 됐느냐?"

"뭔가 타는 냄새가 납니다."

살랑거리는 밤바람에 실려서 타는 냄새가 솔솔 불어왔다.

수하들 대부분은 웅크린 채 자고 있으며 몇 명의 수하가 무슨 일인지 알아보려고 바람이 불어오는 방향으로 다가갔다.

두굉은 일어나 앉아서 코를 벌름거리며 눈살을 찌푸렸다.

"어디에서 불이 났구나."

그런데 무슨 일인지 살펴보려고 갔던 수하들이 허겁지겁 달려오며 소리쳤다.

"숲에 불이 났습니다!"

"불이 이쪽으로 오고 있습니다!"

두굉은 벌떡 일어나서 역정을 냈다.

"똑바로 보고해라!"

수하는 자신들이 온 방향을 가리키며 다급하게 외쳤다.

"저쪽은 온통 불바다인데 바람을 타고 이쪽으로 번지고 있습니다! 불이 워낙 거세서 당장 피해야 합니다!"

이때까지도 두굉은 숲에 불이 난 것이 습격의 전조라는 사실을 깨닫지 못했다.

"어느 정도냐?"

"저쪽이 온통 불바다입니다! 뚫고 나가지 못합니다!"

두굉은 반대 방향을 가리키며 명령했다.

"모두 깨워라! 저쪽으로 이동한다!"

그렇지만 그쪽으로 달려갔던 수하들이 우르르 되돌아왔다.

"이쪽도 불바다입니다!"

"보주! 다른 방향도 마찬가지입니다! 불이 우리를 완전히 포위했습니다!"

그제야 두굉은 불길한 예감이 들어서 얼굴이 보기 싫게 일그러졌다.

"탈출구를 찾아라! 어서 서둘러라!"

수하들이 사방으로 좍 흩어졌다가 잠시 후에 돌아왔는데 그중 한 명이 서쪽을 가리켰다.

"저쪽 계곡에는 불길이 없습니다!"

"모두 그쪽으로 가라!"

두굉을 필두로 철사보 녹림 무리 삼백여 명은 길게 띠를 이루어서 달렸다.

숲 전체가 하나의 기대한 불덩이가 되어 밤하늘 수십 장 높이까지 불길이 치솟고 있지만 서쪽으로 길게 이어진 폭 삼 장 정도의 계곡에는 나무가 없으며 크고 작은 바위들뿐이어서 불이 나지 않았다.

두굉은 선두에서 전력으로 내달리며 씨근거렸다.

"이놈의 새끼들, 천참만륙을 내주겠다!"

그는 해남비룡문이 숲에 불을 질렀다고 짐작했다.

"기다릴 것 없이 불길을 뚫고 나가는 대로 당장 해남비룡문을 공격한다!"

자신들이 숲에 숨어 있는 것을 해남비룡문이 알아냈지만 급습할 능력이 없어서 불을 질렀다고 지레짐작했다.

해남비룡문이 숲 전체에 불을 지르고 계곡 쪽만을 탈출구로 터놔서 자신들을 유인하는 것이라고는 터럭만큼도 생각하지 않았다.

전방에 계곡 출구가 보이자 두꽝은 더욱 속도를 내서 달리며 이를 부드득 갈았다.

"갈가리 찢어 죽이고 말 테다……!"

계곡 출구 바깥은 여전히 온통 불바다를 이루고 있다.

그렇지만 폭 일 장 정도의 탈출구가 있다. 길고 구불구불해서 탈출구가 인공적으로 만들어진 것 같지는 않았다.

인공적이든 자연적이든 철사보로서는 탈출구가 그곳뿐이라시 가릴 처지가 아니고 그것을 구별할 정도의 혜안을 지닌 자도 없었다.

선두의 수하들이 도검을 뽑아 나뭇가지들을 베면서 길을 텄고 뒤따르는 두꽝은 더 빨리 달리라고 화를 냈다.

선두의 수하가 기쁨에 찬 외침을 터뜨렸다.

"숲이 끝났습니다! 앞쪽 공터에는 불길이 없습니다!"

선두와 두굉을 비롯한 수하 수십 명이 파도처럼 탈출구 밖의 넓은 공터로 쏟아져 나갔다.

퍼퍼퍼퍽!

"흐악!"

"끄악!"

그런데 갑자기 앞서 달리던 수하들이 비명을 터뜨렸다.

움찔 신형을 멈춘 두굉의 전방에서 수하 십여 명이 비틀거리면서 뒤로 물러나고 있다.

어둠 때문에 두굉은 무슨 일인지 알지 못하고 주춤거리면서 몇 걸음 나아갔다.

쐐애애액!

그때 날카로운 파공성이 터졌다.

"허엇?"

퍼퍼퍼퍽!

"크헉!"

"허윽!"

뒤이어 두굉 앞쪽과 좌우의 수하 칠팔 명이 급작스럽게 전진을 멈추면서 비명을 터뜨렸다.

쉬익! 쉬잇!

그리고 무엇인가 두굉의 귓전을 스치면서 지나갔다.

'화살?!'

쐐애애액!

또다시 어둠 속에서 날카로운 파공성이 터지자 두꾕은 자신의 도를 뽑으면서 다급하게 외쳤다.

"화살이다! 피해라!"

그러나 화살이 도대체 어디에서 날아오는지 알아야 피하든지 막든지 할 수 있을 것이다.

워낙 어두워서 화살이 지척에 이를 때까지 전혀 보이지 않았으며 몸에 맞고 나서야 알게 됐지만 그때는 이미 늦었다.

퍼퍼퍼퍽!

"와악!"

"크악!"

또다시 수하들이 무더기로 우르르 쓰러지고 자신을 향해서 화살이 쏟아지자 두꾕은 미친 듯이 도를 휘둘러 화살을 튕겨 내며 악을 썼다.

"후퇴하라! 계곡으로 돌아가라!"

삽시간에 선두 삼십여 명이 화살에 맞아 쓰러져서 비명과 신음 소리를 내면서 아우성을 쳤다.

그리고 뒤돌아서 후퇴하던 수하들과 계속 달려 나오던 수하들이 한데 뒤엉킨 상황에 화살이 소나기처럼 계속 쏟아졌다.

말 그대로 아비규환이다. 화살을 피해 되돌아서 뛰는 자들과 앞쪽에 무슨 일이 벌어지고 있는지 모르는 채 달려 나오는 자들이 여기저기에서 화살에 꽂혀서 나뒹굴었다.

장내에는 화살이 쏟아지는 파공성과 화살들이 수하들의 몸에 맞는 둔탁한 음향, 그리고 애절한 비명 소리가 난무하여 정신이 하나도 없는 상황이다.

도대체 어느 방향에서 화살이 쏘아 오는 것인지 어두워서 종잡을 수가 없다.

극도의 분노와 황당함 때문에 두굉은 심장이 가슴을 뚫고 튀어나올 것만 같았다.

"으으으… 함정이다……."

자신들이 함정에 빠졌다는 사실을 뒤늦게 깨달았지만 어떻게 이곳을 빠져나가야 할지 방법이 생각나지 않았다.

그런데 그때 후미에서 요란한 비명 소리가 터졌다.

"아악!"

"습격이다! 흐악!"

두굉은 핏발이 곤두선 눈으로 후미 쪽을 쳐다보았다.

좁은 탈출구를 통해서 간신히 공터로 쏟아져 나와 우왕좌왕하고 있는 수하들에 가려서 숲 안쪽 후미 상황은 보이지도, 알 수도 없다.

"으으… 빌어먹을……."

두굉이 봤을 때 불길 속의 좁고 긴 탈출구로 되돌아가는 것보다는 공터를 뚫고 전방으로 나아가는 편이 나을 것 같았다.

다소 희생이 따르겠지만 화살 공격을 뚫고 공터 밖으로 나가기만 하면 상대가 해남비룡문이든 뭐가 됐든지 간에 자근자근 짓밟아주면 된다.

두굉은 전방을 향해 질주하면서 소리쳤다.

"모두 전방을 뚫어라! 도검을 머리 위로 휘둘러서 화살을 쳐내라!"

우왕좌왕하던 수하들이 두굉을 따라 전방으로 파도처럼 몰려가면서 미친 듯이 도검을 머리 위로 휘둘렀다.

쏴아아아!

그러나 화살은 전방에서만 쏘아대는 것이 아니라 좌우에서도 비바람처럼 쏟아졌다.

"흐아악!"

"끄악!"

철사보 수하들이 전방으로 파도처럼 몰려가던 기세가 꺾이면서 또다시 비명 소리가 난무했다.

후미에서는 습격을 피해서 수하들이 계속 밀려 나오고 있기 때문에 후퇴하는 것도 여의치 않았다.

"뚫어라! 멈추지 마라!"

두굉이 악을 썼지만 수하들은 좀처럼 앞으로 나가지 못하고 쏟아지는 화살을 막고 피하느라 급급했다.

두꾕 자신도 전진하지 못하는데 핏발 곤두선 그의 눈에 수하들이 화살에 꽂혀서 여기저기에서 무더기로 쓰러지는 모습을 보니 속이 뒤집어지고 환장할 노릇이다.

공터 바닥에 쓰러져서 이미 죽거나 살려달라고 꿈틀거리는 수하들 수가 얼추 봐도 백여 명에 달했다.

전진할 수도, 후퇴할 수도 없는 진퇴양난의 상황이라서 두꾕은 속이 터져서 죽을 것만 같았다.

"으으으……"

그때 쏟아지던 화살이 뚝 끊어졌다.

그리고 전방에서 누군가의 낭랑하고 우렁찬 외침이 들렸다.

"무기를 버리고 무릎을 꿇으면 살려주겠다!"

수하들은 머뭇거리면서 두꾕을 쳐다보았다.

두꾕은 이성을 잃고 피를 토하듯이 악을 쓰며 내달렸다.

"지금 이때다! 전방을 뚫어라!"

두꾕을 비롯하여 수십 명이 전방으로 질주하기 시작했고, 다시 화살 비가 쏟아졌다.

쏴아아아!

두꾕과 삼십여 명이 화살 비를 뚫고 공터 가장자리로 질풍처럼 들이닥쳤다.

순간 어둠 속에서 시커먼 인영들이 불쑥 튀어나오며 두꾕

등을 맹렬하게 공격했다.

그들은 장하문과 감형언을 비롯한 여섯 명의 해남비룡문 전주들, 그리고 통천방 구조장과 아홉 명의 고수였다.

그리고 그들 속에 화운룡과 전중이 섞여 있었다.

화살 비를 뚫고 질주하던 두굉 등은 장하문과 감형언, 구조장 등의 맹공에 멈칫했다.

제아무리 녹림구련의 악명을 떨치는 철사보라고 해도 장하문 등을 당해낼 수는 없다.

이들 중에서 제일 고강한 장하문은 일류고수 중에서도 상급에 속하고, 구조장이 일류고수의 중급, 구조장의 수하인 조원들과 감형언이 일류고수 하급이며, 채오와 전주들은 이류다.

일류여야 고수라고 할 수 있으며 이류나 삼류는 무사다.

철사보주 두굉은 감형언보다는 한 수 위고 구조장보다는 한 수 아래이니 고수라고 할 수 있다.

그런데 장하문이 곧장 쏘아 오면서 번쩍! 하고 검을 떨치자 두굉은 막을 엄두를 내지 못하고 피하기에 급급했다.

팍!

"끄윽!"

뒤로 물러나면서 어지럽게 수중의 도를 휘두르던 두굉은 짧은 비명을 질렀다.

장하문의 검이 그의 목을 깊숙이 찔렀기 때문이다.

그는 자신이 여태껏 익힌 검법이 아닌 비룡운검 일검결을 전개하여 아주 간단하게 두꿩의 목을 찔렀다.

그는 아직 비룡운검 일검결의 십분의 일조차 터득하지 못한 상태지만 그의 검에서 펼쳐지는 검법은 어느덧 철학의 기운을 풍기고 있었다.

그는 두꿩의 목에서 검을 뽑으며 다른 수하들을 향해 검을 번뜩이며 그어갔다.

"끄으으……."

두꿩은 피가 푹푹 뿜어지는 목을 두 손으로 감싸 쥐고 심하게 비틀거리다가 거꾸러졌다.

화운룡은 무황검을 움켜쥐고 전중과 함께 나란히 철사보 수하들을 향해 다가갔다.

화운룡을 호위하라는 명령을 장하문에게 받은 전중은 적과 싸우지 않고 화운룡 옆에서 날카롭게 주위를 쓸어보면서 그를 호위하는 데 전념했다.

화운룡은 고작 오 년 공력이지만 그것을 무황검에 가득 주입하고 재빨리 주위를 살피다가 감형언의 공격을 피해 물러나고 있는 철사보 수하 한 명을 발견하고 곧장 다가갔다.

현재 화운룡의 실력은 철사보 수하 두 명과 한꺼번에 싸워서 죽일 수 있는 수준이다.

그의 공력은 철사보 수하 한 명에 미치지 못하겠지만 풍부한 경험과 초식, 그리고 수족보다 더 자유롭게 다루는 무황검이 있기 때문이다.

화운룡이 아직 자신을 발견하지 못하고 주위를 두리번거리며 물러나는 철사보 수하를 향해 무황검을 떨쳤다.

쉬리링!

무황검에서 거센 바람이 좁은 구멍을 빠져나갈 때 나는 듯한 묘한 음향이 흘렀다.

공력이 거의 실리지 않았을 때의 검명이다.

무황검이 일반적인 검보다 무게가 절반밖에 되지 않는 이유는 검신이 얇기 때문이다.

그렇다고 허리에 두르는 연검(軟劍)처럼 얇은 것은 아니다.

설산(雪山)의 무령한철(武靈寒鐵)로 백련정강하여 만들어진 이 검은 금석을 무처럼 베고 수화(水火)와 만독(萬毒) 불침의 능력을 지녔다.

화운룡이 철사보 수하에게 무황검을 베어갔지만 검신이 반월처럼 휘면서 검첨이 그자의 목 옆을 찔렀다.

"끅……."

파아!

휘었던 무황검이 펴지면서 그자의 목을 절반이나 뎅겅 베어버렸다.

화운룡은 이미 다른 철사보 수하를 향해 쏘아 가고 있었다.

오 년 공력이지만 무황검이 그의 손에서 춤을 추었다.

신들린 듯한 검무(劍舞)다.

화운룡이 이십팔 세 때 처음 장하문으로부터 무황검을 받은 이후 오십육 년 동안 무황검은 그의 반려자였으며 영혼의 친구였다.

쉬리링…….

무황검은 산들바람처럼 허공을 누비면서 철사보 수하들의 급소를 정확하게 찔렀다.

철사보 수하 세 명을 찌르고 나서 화운룡은 조금 숨이 찼지만 견딜 만했다.

그보다는 무황검과 짝을 이루어 가문의 해악이 되는 철사보를 섬멸한다는 생각에 힘든 줄을 몰랐다.

*　　　　*　　　　*

화운룡이 철사보 수하 일곱 명을 죽였을 때 싸움이 끝났다.

철사보 생존자는 백여 명에 불과했으며 부상자가 오십여 명이나 됐다.

불에 타서 죽은 자는 없으며 화살에 맞거나 포위망을 뚫으려다가 죽거나 다친 자들이 전부다.

철사보주인 두꿩이 죽었다는 사실을 나중에 알게 된 수하들은 앞다투어 무기를 내던지며 무릎을 꿇고 살려달라면서 애걸했다.

이로써 철사보는 완전히 와해됐으며 해남비룡문은 철사보의 위험에서 완전히 해방되었다.

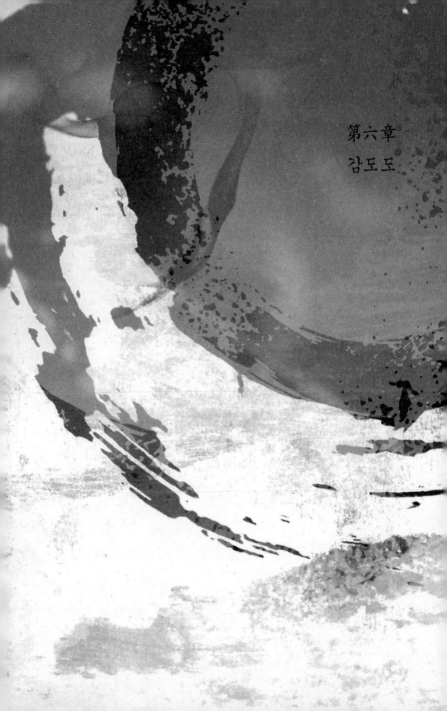

第六章

감도도

　철사보의 습격을 해결한 화운룡과 장하문은 다음 날 주옥봉을 만나러 먼 길을 떠나려고 했으나 예상하지 않은 일이 생겨서 잠시 늦췄다.

　농천복산으로 떠났던 벽상이 가족들을 데리고 그날 아침에 해남비룡문에 도착했기 때문이다.

　그런데 뜻밖에도 벽상의 부모뿐만 아니라 부모의 형제와 일가친척들까지 모두 합쳐서 사십여 명이나 되는 대가족이 들이닥쳤다.

　그들은 절강성 북부 지역 효풍현 동천목산 기슭에서 벽풍장(碧楓莊)이라는 무가(武家)의 인물들로서 그 지역에서 나름작은 명성을 날리고 있었다.

장하문은 그들에게 해남비룡문 뒤편의 전각 두 채를 통째로 내주었다.

그 전각은 백여 명이 머물러도 넉넉할 정도의 규모이며 벽상 가족을 위해서 남겨두었다.

벽풍장 사람들은 해남비룡문 문주 화명승에게 인사를 하기 전에 화운룡부터 만났다.

그들이 해남비룡문의 식구가 될지 아니면 손님으로 머물지 결정을 하고, 그게 아니더라도 화운룡이 벽상의 주군으로서 먼저 만나봐야 하는 것이 순서이기 때문이다.

벽상이 벽풍장 사람들 중에서 어른들만 이끌고 운룡재 대전으로 왔다.

화운룡과 장하문은 입구에서 그들을 맞이하여 대전 안으로 안내했다.

운룡재 대전은 본래 단상이 없어서 주인과 손님의 신분을 나누지 않는다.

하인들이 미리 벽 쪽에 여러 개의 탁자와 의자들을 내다놓아서 모두 그곳에 둘러앉았다.

벽상의 아버지 벽현립(碧玄立)이 벽풍장주이며 일가 중에서 항렬이 가장 높았다.

벽현립은 육십삼 세이며 벽상은 그가 사십 세에 낳은 늦둥이 막내딸이었다.

벽상은 위로 오빠들만 세 명이며 하나같이 기골이 장대한 거한들이고 모두 혼인을 했다.

벽풍장주 벽현립은 장남이며 남동생 두 명에 여동생이 한 명 있고 형제들 모두 혼인을 하여 장성한 자식들과 손주들까지 있다.

이곳에 모인 벽풍장 어른들은 스물두 명이며 모두 긴장한 듯한 표정으로 화운룡을 주시했다.

벽상은 앉아 있는 화운룡 앞으로 와서 포권을 하며 깊숙이 허리를 굽혔다.

"주군, 다녀왔습니다."

"수고했다."

화운룡이 미소 지으며 고개를 끄떡이자 벽상은 그의 왼쪽에 서서 오른쪽에 서 있는 장하문에게 씁쓸한 미소를 지으며 고개를 숙여 보였다.

장하문은 벽풍장 사람들이 하나같이 기세가 강하고 고집이 세며 굴강한 인물들이라는 사실을 한눈에 간파했다.

장하문은 십팔 일 전 벽상이 떠날 때 사풍곡이 벽풍장을 공격해서 전멸시킬 것이라는 말을 그들이 믿지 않을 텐데 어떻게 가족을 데려올 것이냐고 물었다.

그때 벽상은 짧게 대답했었다.

"말로 안 되면 힘으로 끌고 올 겁니다."

벽풍장의 대가족이 이곳에 왔다는 것은 벽상이 그들을 힘으로 굴복시켰다는 뜻이다.

벽상은 십오 세에 기녀가 되겠다면서 집을 나왔다가 이십삼 세가 돼서야 팔 년 만에 집으로 찾아갔다.

그런데 그녀가 도착하자마자 대뜸 사풍곡이 급습하여 벽풍장이 몰살할 것이므로 피해야 된다고 말하자 아무도 그 말을 믿지 않고 오히려 그녀를 꾸중하며 이제는 절대로 집을 나가지 말라면서 몰아세웠다.

그래서 벽상은 극단 처방을 했다.

벽풍장의 어느 누구라도 자신과 일대일 대결을 벌여서 자신이 한 번이라도 패한다면 죽을 때까지 벽풍장에 머물 것이고, 반대로 자신이 모두를 이기면 가족 전체가 벽풍장을 떠나는 것으로 내기를 했다.

결과는 벽상의 압도적인 승리로 끝났다. 그녀는 부친을 비롯하여 숙부, 고모, 이모들 모두와 일대일로 겨루어서 삼초식을 넘기지 않고 승리했다.

화운룡은 앉은 채 벽풍장 사람들을 보며 조용한 목소리로 말문을 열었다.

"홍후가 여러분을 구하려는 목적은 이루어졌으니까 앞으로 여러분이 무엇을 하든 자유외다."

화운룡이 버릇처럼 '홍후'라고 하자 벽풍장 사람들은 누구를 가리키는지 알지 못했다.

옆에 서 있는 벽상은 살짝 미간을 찌푸리면서 화운룡 어깨에 손을 얹고 전음을 보냈다.

[자꾸 홍후라고 할 거예요?]

화운룡은 실언을 깨닫고 미소 지으면서 말을 이었다.

"여러분이 본 문에 계속 머무르거나 이 근처에서 새로 터전을 잡는다고 해도 나는 성심으로 도울 것이오."

벽풍장 사람들은 화운룡이 호의를 베푸는데도 긴장과 경계를 풀지 않았다.

그러나 벽상은 아랑곳하지 않고 자신의 의견을 밝혔다.

"주군, 저는 가족들이 이곳 해남비룡문의 일원이 되기를 원해요. 받아주세요."

그러자 장하문이 나섰다.

"상아, 본 문은 이미 문하 제자들로 차고 넘치므로 너의 가족들은 아무래도 따로 개파하는 것이 좋겠다."

완곡한 거절이다.

사실 그는 해남비룡문을 저울질하려는 벽풍장 사람들의 심중을 이미 간파했기 때문에 이쪽에서 격장지계(激將之計)를 쓰는 것이다.

그것도 그렇지만 해남비룡문 문하 제자는 현재 오백오십여 명이나 되기 때문에 굳이 벽풍장 사람들을 받아들이지 않아도 된다.

벽상의 가족인 데다 이미 무공을 할 줄 아는 사람들이므로 해남비룡문에 합류하면 여러모로 도움이 될 테지만 일단 튕겨보는 것이다.

벽상은 장하문에게 항변하듯이 말했다.

"우리 가족에게 기회도 한번 주지 않고서 일언지하에 거절하는 법이 어디 있어요?"

하녀들이 나와서 화운룡과 사람들에게 다과와 과일, 차를 대접했다.

화운룡은 느긋하게 차를 마시면서 이 일에 대해서는 장하문에게 맡기고 구경만 했다.

장하문은 팔을 뻗어 밖을 가리켰다.

"상아, 너 지금 거리에 나가보면 아마 사풍곡이 효풍현 동천목산 북쪽 기슭 일대 몇 개의 장원들과 마을을 공격했다는 파다한 소문을 들을 수 있을 것이다."

벽풍장 사람들은 흠칫 놀라는 표정을 지었다. 그들은 여기까지 오면서도 줄곧 벽상의 말을 믿지 않았으며, 방금 장하문이 말한 소문 같은 것을 들은 적이 없었다.

어쩌면 그들이 귀를 닫고 있었기 때문에 소문 따위가 들리지 않았는지도 모른다.

장하문은 엄숙하게 말을 이었다.

"주군께서 선견지명으로 너희 가족을 구하셨는데도 불구하고 아직도 너희 가족은 거기에 대해서 주군께 인사를 하지 않고 있으며 오히려 적대적인 모습을 보이고 있다. 그것만 보더라도 너희 가족은 본 문에 입문할 의향이 전혀 없다는 것을 알 수 있지 않겠느냐?"

장하문이 직접 거리에 나가서 알아보지는 않았지만 아마도 지금쯤 사풍곡이 절강성 북부 지역 동천목산 근처의 장원들을 약탈했다는 소문이 파다할 것이라고 짐작했다.

화운룡은 이쯤에서 자리에서 일어나 벽풍장 사람들에게 가볍게 포권을 했다.

"나는 여러분을 친구로 여기고 있으니까 아무쪼록 편히 쉬기 바라오."

화운룡이 휘적휘적 입구로 걸어가자 한쪽에 서 있던 전중이 재빨리 달려와서 그를 호위했다.

장하문도 화운룡을 따라 입구로 향하면서 엷은 미소로 벽상을 쳐다보았다.

"상아, 너희 가족들이 무엇을 원하든 본 문은 전력으로 도울 것이니 그리 알아라."

"자… 잠깐만요……!"

벽상이 불렀지만 장하문은 듣지 못한 듯 나가 버렸다.

벽풍장 사람들은 뜨악한 표정으로 앉아서 서로의 얼굴을 쳐다보았다.

마음이 크게 상한 벽상은 발을 쿵! 구르며 부친 벽현립에게 화를 냈다.

"밖에 나가서 소문을 들어보고서야 주군께 감사를 드릴 생각이면 그렇게 하세요!"

장하문은 화운룡이 운룡재의 연공실로 향하는 것을 뒤따르면서 궁금한 듯 물었다.

"주군께선 요즘 무엇을 연공하시고 계십니까?"

화운룡은 뒤따르는 전중에게 손짓을 했다.

"너는 가서 검법 수련을 해라."

전중은 조금 머뭇거리다가 조심스럽게 물었다.

"주군, 저는 현재 주군께서 주신 단천검법과 청령심결을 연마하고 있사온데 본 문의 성명검법인 비룡운검은 연마하지 않아도 되는지요?"

"비룡운검과 십절신공은 평생 연마해야 하므로 지금 하고 있는 것을 끝내놓고 해도 늦지 않다."

해남비룡문 문하 제자들이 다들 비룡운검을 수련하면서 굉장한 검법이라고 칭찬이 자자하면서 신바람이 나는 것을 보니까 전중이 애가 달았나 보다.

화운룡은 조용히 일러주었다.

"단천검법과 청령심결은 천 장 높이의 산이고 비룡운검과 십절신공은 만 장 높이 산이다."

장하문은 그 말뜻을 알고 빙그레 미소를 지었다.

전중은 연무장으로 가면서 화운룡이 해준 그 말의 의미를 곰곰이 생각해 보았다.

단천검법과 청령심결이 천 장 높이 산이고, 비룡운검과 십절신공이 만 장 높이 산이라면 비룡운검과 십절신공이 훨씬 더 고강하다는 뜻이 아니겠는가.

그런데도 화운룡은 전중더러 단천검법과 청령심결을 끝내고 나서 비룡운검과 십절신공을 시작해도 늦지 않다고 했는데 그 뜻을 도저히 모르겠다.

화운룡은 연공실로 들어가고 나서 조금 전 장하문의 질문에 대답했다.

"요즘 청룡전광검을 복습하고 있네."

장하문은 눈을 깜빡거리며 자신의 해박한 지식 속에서 청룡전광검법을 찾아내려다가 어느 순간 움찔 몸을 떨었다.

"설마……."

화운룡은 엷게 미소 지으며 고개를 끄떡였다.

"맞네."

장하문은 경악했다.

"저는 청룡전광검이 전설의 무극사신공이라고 생각하는데…… 맞습니까?"

"그래."

"아아……."

장하문은 감탄을 터뜨리며 화운룡을 바라볼 뿐 한동안 아무 말도 하지 못했다.

화운룡은 연공실 벽에 걸린 평범한 청강검을 집었다.

장하문은 연공실 가운데로 걸어가는 화운룡을 보면서 경악을 겨우 억누르며 물었다.

"진검문 소문주 감중기를 일초식 만에 반병신 만들고, 철사보 수하 일곱 명을 죽인 게 청룡전광검이었습니까?"

"그렇네."

"그럼 주군께선 무공이 없으신 상태에서 얼마나 청룡전광검을 연마하신 겁니까?"

"사십 일쯤 됐네."

"그럼 공력이 없으시겠군요."

"그런 셈이지."

화운룡은 자신에게 생성된 오 년 공력에 대해서는 굳이 말하지 않았다.

"맙소사……."

감중기는 공력이 아무리 못해도 삼, 사십 년은 될 테고 검법 연마를 십 년 이상 했을 텐데도 공력이 한 움큼도 없는 데다 기껏 열흘 남짓 청룡전광검을 연마한 화운룡에게 얻어터져서 아직까지도 깨어나지 못하고 있으니 기절할 일이다.

더구나 철사보 소탕 때 장하문은 화운룡의 일류고수 뺨치는 실력을 목격했다.

"과연 무극사신공은 천상천하 공전절후의 신공이로군요. 굉장합니다."

장하문은 크게 고개를 끄떡였다.

"아무리 제가 보필했다고 해도 주군께서 천하무림 일통이라는 대업을 이루신 것은 무극사신공 덕이 큽니다."

화운룡이 넌지시 말했다.

"자네 무극사신공을 배워보겠나?"

장하문은 움찔 놀랐다.

"제가 무극… 사신공을 말입니까?"

"자네가 원하면 전수해 주겠네."

장하문은 표정과 몸이 얼음처럼 굳어버렸다.

그는 잠시 굳어 있다가 긴 한숨을 내쉬더니 허리를 깊숙이 숙였다.

"주군의 마음만 감사히 받겠습니다."

"싫은가?"

"싫은 것이 아닙니다. 감히 엄두가 나지 않기 때문입니다. 천하제일인은 주군 한 분만으로 족합니다. 저는 비룡운검과 십절신공으로도 벅찹니다."

"그런가?"

"내일 아침에 출발하도록 준비해 놓겠습니다."

장하문의 말을 듣고 화운룡은 약간 씁쓸한 표정을 지었다. 이제 겨우 십칠 세 어린 소녀를 만나러 간다는 사실이 쑥스러웠다.

하지만 그녀를 만난 이후 장장 오십사 년 동안 짝사랑으로 속앓이를 해온 것을 생각하니까 이제라도 꼭 한 번 그녀를 다시 보고 싶다.

십칠 세 어린 소녀를 만나서 뭘 어떻게 하겠다는 것이 아니다. 스무 살의 그가 어린 십칠 세 소녀를 보게 되면 짝사랑하는 마음이 사라지지 않을까 하는 바람이 있다.

그리되면 오십사 년이란 오랜 세월 동안 그의 마음을 꽁꽁 묶었던 질긴 사슬을 끊을 수 있을지도 모른다.

탁……

연공실 밖에 나와서 문을 닫은 장하문은 가슴이 터질 것처럼 기뻐서 주체할 수가 없었다.

주군이 그에게 자신의 성명무공인 무극사신공을 전수하겠

다는 것은 그만큼 그를 신임한다는 뜻이므로 가슴이 벅찰 수밖에 없는 것이다.

'아아… 주군께서 나를 생각하시는 것보다 내가 주군을 생각하는 것이 턱없이 부족하다. 분발하자, 하문아…….'

그가 두근거리는 가슴을 억누르면서 낭하 모퉁이를 돌자 뜻밖에도 전중이 서서 그를 기다리고 있었다.

"군사님, 여쭙고 싶은 게 있습니다."

진지한 전중의 표정을 보고 장하문은 그가 무얼 물으려는지 간파했다.

전중은 아까 화운룡이 단천검법과 청령심결은 천 장 높이 산이고, 비룡운검과 십절신공은 만 장 높이 산이라고 한 의미를 모르는 것 같았다.

"너는 천 장 높이 산과 만 장 높이 산 중에 어느 산에서 내려다보는 세상이 더 잘 보일 것 같으냐?"

장하문의 물음에 전중은 생각할 것도 없다는 듯 대답했다.

"그야 만 장 높이 산이겠지요."

"틀렸다. 천 장 산이다."

전중은 의아한 표정을 지었다.

"어째서 그렇습니까?"

"만 장 산은 너무 높아서 세상이 잘 보이지 않는다. 그 대신 더 넓은 세상을 볼 수 있겠지."

"……."

"천 장 산은 만 장 산보다 낮은 대신 세상이 조목조목 잘 내려다보인다."

"그렇군요……."

"전중, 천 장 산만 돼도 높은 것 아니냐?"

"그렇습니다."

"천 장 산을 오르는 데에는 일 년이면 되지만 만 장 산을 오르는 데에는 백 년이 걸린다."

"아……."

천 장 산을 오르면 일류고수가 되고, 만 장 산을 오르면 절정고수가 되는 것이라고 전중은 이해했다.

                    *   *   *

쉬이익!

화운룡은 목인을 향해 미끄러지듯이 쏘아 가면서 수중의 검을 내던지는 것처럼 슬쩍 앞으로 뻗었다.

사악—

검첨이 앞으로 뻗어나가 목인의 이마를 찔렀다.

화운룡이 손목을 안으로 접으며 슬쩍 당기자 검이 목인의 미간에서 뽑히면서 검첨이 위를 향하며 화운룡 쪽으로 빙글

반회전을 했다.

이어서 화운룡이 목인에 가까이 접근하면서 손목을 바깥으로 뒤집자 갑자기 검신 전체가 그의 손바닥 위에서 팽이처럼 빙그르르 맹렬하게, 그러나 부드럽게 회전하면서 목인의 여섯 부위를 찌르고 베었다.

사가가각—

슷…….

눈 한 번 깜빡이는 순간에 청룡전광검 일초식 십팔변이 이루어지고 어느새 화운룡은 움직임을 멈추었다.

아니, 멈추었는가 싶은 순간 화운룡은 다시 목인에게 접근하면서 이번에는 목인의 왼편으로 스쳐 지나며 역시 검을 던지듯이 슬쩍 뻗었다.

목인의 왼편을 스쳐 지나는 짧은 순간에 그는 마치 부채를 부치듯이 손목을 빠르게 이리저리 뒤집고 잡아끌었다.

스가가아—

그러자 검침과 검신이 목인의 여러 부위를 쓰다듬듯이, 그러나 닿지 않은 것처럼 흐릿한 검풍을 일으키며 스쳤다.

화운룡은 멈추지 않고 목인의 뒤쪽으로 한 바퀴 돌아 원래의 위치로 오면서 이번에는 손목과 팔꿈치를 이용하여 밀고 당기고 뒤집으며 굽히는 동작을 순식간에 해냈다.

카가가각— 스사아악!

검이 목인을 스치고 찌르면서 일정하지 않은 몇 개의 격타음이 나며 그는 동작을 멈추고 검을 아래로 향했다.

"헉헉헉……"

세 번에 걸쳐서 전력으로 검초식을 전개한 그는 숨이 차서 어깨를 들먹이며 조금 거칠게 숨을 몰아쉬었다.

그는 호흡을 조정하면서 목인에 가까이 다가가서 유심히 살펴보았다.

문득 그의 입가에 흐릿한 미소가 어렸다.

'성공했군.'

세어보니까 목인의 상체에는 정확하게 오십사 개의 검흔이 뚜렷하게 새겨져 있다.

그는 방금 전에 청룡전광검 일초식 십팔변을 세 번에 걸쳐서 전개했기 때문에 오십사 개의 검흔이 새겨진 것이다.

세 번의 전개가 모두 비슷하지 않고 오히려 전혀 다른 공격 행태를 보인 이유는 그가 일초식을 세 가지 방법으로 전개했기 때문이다.

즉, 청룡전광검 일초식 십팔변은 말 그대로 열여덟 개의 변화가 함축되어 있어서 그가 마음만 먹으면 일초식을 열여덟 방법으로 전개할 수 있다는 얘기다.

일초식 열여덟 개 변화를 모두 베는 공격으로 할 수도 있으며 모두 찌르기로도 할 수 있고, 찌르기와 베기, 자르기, 훑기,

긁기, 소용돌이 등을 골고루 섞을 수도 있다.

그는 방금 열여덟 개의 변화 중에서 세 가지만 전개했다. 현재 세 가지만 완성했기 때문이다.

그의 체내에서 태자천심운이 상시 운공되어 기력이 축적되고 있지만 아직 오 년 수준이다.

그럼에도 불구하고 이 정도의 훌륭한 결과가 나온 이유는 두 가지다.

그의 솜씨가 탁월한 것과 청룡전광검이 워낙 고절한 검법이기 때문이다.

더구나 무황검으로 전개한다면 이보다 배 이상의 결과를 보게 될 터이다.

'일단 이 정도로 만족하고 이걸 완벽하게 손에 익도록 연습을 하도록 하자.'

그는 조급하게 여기지도 않고 욕심을 부리지도 않았다.

천하무림의 일통이 목표가 아니기 때문에 그저 어디 가서 당하지만 않을 정도의 재주만 익히면 된다는 생각이다.

운룡재를 나선 화운룡은 총당주인 감형언 가족의 거처인 진검각(眞劍閣)으로 향했다.

그 전각은 원래 다른 이름이 있었지만 감형언 가족의 거처가 됐으므로 그들의 예전 문파명인 '진검'이라는 이름으로 전각명을 짓고 전각 입구에 편액까지 달아주었다.

화운룡 옆에는 장하문이 나란히 걷고 있으며 뒤에는 하녀 복장의 감도도가 따르고 있었다.

감도도는 운룡재에서 숙식을 하고 있기 때문에 그동안 가족들을 한 번도 만나지 못했기에, 화운룡이 특별히 데리고 가는 것이다.

감도도는 너무 비참한 심정이라서 하루에도 몇 번이나 혀를 깨물고 죽고 싶은 심정인 것을 간신히 견디고 있었다.

비록 가난한 진검문이었지만 소문주로서 남부럽지 않게 살아왔던 그녀로서는 운룡재의 하녀 노릇은 몸이 고된 것은 고사하고 비참해서 죽을 지경이었다.

그런데 그녀가 더욱 견딜 수 없는 것이 있다. 운룡재의 하녀가 된 지 이십여 일이 훌쩍 지난 현재 그녀가 하녀 생활에 놀랍도록 빠르게 적응해 가고 있다는 사실이었다.

그녀를 천장에 매달았던 벽상이 가족들을 데리러 떠나고 없는데도 감도도는 전혀 말썽을 부리지 않고 운룡재의 하녀 생활을 묵묵히 해오고 있었다.

그녀는 자신이 그러는 게 죽기보다도 더 싫었다. 진검문의 소문주였던 그녀가 한 달도 되지 않아서 운룡재의 하녀 생활에 익숙해져 가고 있으며, 때로는 휴식 시간이나 밤에 잠자리에 들 때 편안함마저도 느끼고 있는 자신을 발견할 때면, 그

래서 자신이 점점 하녀가 돼가고 있다는 사실을 깨달을라치
면 공포스러움에 소름이 확 끼쳤다.

그렇게 감도도는 하녀 생활에 적응해 가고 있으며 그러는
틈틈이 편안함과 이질감, 괴리감 따위를 수시로 느끼면서 복
잡함에 빠져 있었다.

갑작스러운 화운룡의 방문을 받은 진검각 사람들은 크게
놀라서 허둥거렸다.

해남비룡문의 여러 특징 중에 하나는 문파 내 스물여섯 채
에 달하는 전각들 입구나 요소요소를 지키는 무사나 문하 제
자가 한 명도 없다는 사실이다.

그만큼 문파 내에서 문하 제자들 간의 이동과 행동이 자유
로울 뿐만 아니라 어느 전각이라고 해도 출입을 제한하지 않
는다는 뜻이다.

화운룡이 그렇게 하라고 지시했으며 장하문이 좀 더 구체
적으로 손을 봐서 규칙을 만들었다.

"감중기는 어디에 있느냐?"

진검각에 들어서자마자 처음 만난 하녀가 화운룡을 알아보
고 황급히 예를 취하자 장하문이 물었다.

하녀가 진검각 이 층의 감중기가 있는 방으로 화운룡 일행
을 안내하자 또 다른 하녀가 급히 이 사실을 알리러 감중기
모친에게 달려갔다.

뒤따르는 감도도는 가족들 거처인 진검각에 처음 와보는 터라서 연신 주위를 두리번거리며 살폈다.

진검각은 해남비룡문 후원 쪽에 위치해 있는 아담한 별채로서 이 층 규모이며 아래층에는 내전과 접객실, 주방과 식당, 연공실, 서재 등이 고루 갖추어져 있고 이 층은 내실로서 열다섯 개의 방이 있다.

감도도의 가족은 부모와 오빠 감중기, 숙부네 가족과 두 명의 이모가 있어 전원 아홉 명이며 이곳 진검각은 그들 모두가 살기에 널찍했다.

또한 진검각에는 세 명의 숙수와 여섯 명의 하녀들이 배치되어 있으며, 식품을 비롯한 각종 물품들이 무제한으로 공급되는 데다, 매월 진검각에만 은자 이백 냥의 유지비가 따로 나오고 있었다.

하지만 해남비룡문 내 모든 전각의 수리와 보수를 전담하는 부서가 있기 때문에 따로 돈이 들어가는 경우가 없어서 매달 나오는 유지비는 고스란히 감도도 모친의 몫이 된다.

의술에 상당한 조예가 있는 장하문이 감중기의 상태를 살피고 있을 때 문이 열리고 감도도의 모친과 이모 두 명 유씨(劉氏) 자매들이 우르르 달려 들어왔다.

그녀들은 하녀로부터 화운룡이 왕림했다는 보고를 받자마자 소스라치게 놀라서 달려오는 길이다.

해남비룡문의 실질적인 문주가 화운룡이라는 사실은 문파 내에 거주하는 사람이라면 모르는 사람이 없었다.

　감도도의 모친 유홍(劉鴻)과 두 명의 이모 유진(劉珍), 유향(劉香) 자매도 그런 소문을 익히 듣고 있던 터에 화운룡의 방문을 받고는 몹시 놀라고도 긴장했다.

　화운룡 뒤쪽에 서 있던 감도도는 막 안으로 들어서고 있는 모친과 두 명의 이모를 발견하고 반가운 마음에 자신도 모르게 눈물이 왈칵 솟구쳤다.

　하지만 감도도는 눈물이 나려는 것을 입술을 힘껏 깨물면서 억지로 참았다.

　화운룡이 있는 데서 눈물 따윈 보이고 싶지 않았다.

　화운룡은 그런 것에 관심도 없는데 그녀 혼자서 자신과의 싸움을 하고 있었다.

　그러나 감도도는 곧 눈살을 찌푸렸다. 어머니와 이모들이 감도도에게 일별을 주고는 곧장 화운룡 가까이 다가가서 굽실거리고 있기 때문이다.

　"소문주께서 어인 일로……."

　"감중기의 상태를 살피러 온 것이니 어려워하지 마시오."

　사십이 세의 모친 유홍의 안색이 갑자기 어두워져서 착잡하게 말했다.

　"저 아이는 숨은 간신히 쉬고 있지만 죽은 것이나 진배없는 상태예요."

그렇게 말하면서도 유홍은 감중기를 그렇게 만든 당사자인 화운룡을 조금도 원망하지 않는 표정이었다.

화운룡이 감도도에게 말했다.

"너는 어머니와 함께 시간을 보내고 저녁 식사 전까지 돌아오도록 해라."

"……."

감도도는 화운룡이 그런 말을 할 줄 몰랐기에 멍한 표정을 지으며 그를 바라보았다.

그러고는 잠시 후 그녀는 자신을 가족과 만나게 하려고 이곳에 데리고 왔다는 사실을 깨달았다.

화운룡은 머뭇거리는 감도도에겐 시선도 주지 않고 침상 옆에 붙어서 감중기를 살폈다.

감중기를 깨끗하게 치료한 화운룡과 장하문이 이 층에서 내려오자 하녀의 통지를 받은 감도도 모친 유홍 자매들이 우르르 달려 나왔고 그 뒤에 감도도가 쭈뼛거리면서 따라 나왔다.

장하문이 유홍에게 말했다.

"감중기는 깨어났소. 내가 처방을 적어 보낼 테니까 그대로 약을 먹이도록 하시오."

"네에? 중기가……."

"올라가 보시오."

장하문이 말하는 사이에 화운룡은 입구 쪽으로 걸어가고 있는데 유홍이 얼른 그를 향해 부복했다.

"감사합니다, 소문주……!"

그녀의 두 여동생인 유진과 유향도 얼른 부복했다.

감도도는 부복해 있는 모친과 이모들을 복잡한 표정으로 바라보았다.

그녀는 어머니, 두 이모와 한 시진 동안 대화를 하면서 새로운 사실을 알게 되었다.

어머니와 두 이모는 물론이고 심지어 아버지와 숙부들까지 온 가족이 현재 생활에 만족하고 있다는 것이다.

그뿐만이 아니다. 진검문 문하 제자 백이십여 명이 한 명도 빠짐없이 모두 해남비룡문에 입문하여 다들 지금 생활에 만족하면서 열심히 살고 있다는 말도 들었다.

어머니는 그 이유를 두 가지라고 말했다.

하나는 예전에는 꿈도 꾸지 못했던 풍족한 생활을 꼽았다. 그 얘기를 하면서 어머니와 두 이모는 입에서 침을 튀기며 해남비룡문의 자비로움에 대해서 칭찬을 아끼지 않았다.

예전 진검문 시절에 날마다 끼니를 걱정해야 하는 비참했던 생활에 비하면 이곳은 극락이라는 것이다.

그리고 또 하나의 이유로는 해남비룡문의 성명무공인 비룡운검과 십절신공을 들 수 있다는 것이다.

이 두 가지 무공을 비룡십절검공이라고 하는데, 진검문의 진환검격술이 평범한 검법이라고 한다면 비룡십절검공은 절정검법이고 신공이라는 것이다.

그래서 아버지와 숙부들을 비롯한 예전 진검문 사람들은 요즘 비룡십절검공을 연마하는 재미에 푹 빠져 있다고 한다.

감도도는 운룡재에 틀어박혀 하녀 생활을 하고 있는 터라서 그런 사실들을 전혀 모르고 있었다.

어머니와 두 이모의 말을 듣고 보니까 감도도로서는 뭐라고 반박할 말이 생각나지 않았다.

아버지와 어머니를 비롯한 가족 전체가 어느 누구 한 사람 불평불만 없이 해남비룡문 생활에 만족하고 있다는데 감도도가 무슨 반박을 하겠는가.

'그럼 된 거잖아. 다 잘됐어.'

모든 사실을 알고 나서 감도도는 진심으로 그렇게 생각했다.

자신이 운룡재에서 하녀 생활을 하고는 있지만 돌이켜서 생각해 보면 그 생활도 그리 나쁘지 않은 것 같았다.

하녀 생활이 그다지 힘들지도 않으며 운룡재 하녀들의 대장 노릇을 하고 있는 소랑이라는 아이는 매우 착해서 감도도를 잘 보살펴 주었고, 다른 하녀나 숙수들 역시 따뜻하게 그녀를 대해서 이십여 일 동안 묘한 동지애 같은 것마저 생겼다.

"소문주, 외람되오나 감히 청이 있습니다."

그때 유홍이 이마를 바닥에 대고 간곡한 어조로 말했다.

화운룡은 걸음을 멈추고 뒤돌아보았다.

"일어나서 말하시오."

"은혜를 입고 있는 처지에 감히 드리는 간청이라 이대로가 편합니다."

"일어서지 않으면 무슨 청이라도 듣지 않겠소."

진검문 사람들은 해남비룡문 화씨 일가의 성품이 온후하고 자비롭다는 사실을 얼마 전에야 알게 되었다.

그런데 여기 이 소문주도 거만하지 않고 몹시 따뜻한 사람이 분명했다.

자신이 중태에 빠뜨린 감중기를 치료하러 직접 온 것만 봐도 알 수 있는 일이다.

유홍은 일어나서 말했다.

"이제 제 딸 도도를 용서하시고 어미 품에 돌려주세요."

화운룡은 유홍 세 자매 뒤쪽에 서 있는 감도도를 쳐다보았다.

사실 그는 감도도를 운룡재 하녀로 두는 것에 대해서는 별 관심이 없다.

다만 감중기와의 일대일 대결에서 감도도가 내기의 전리품이라서 하녀로 두고 있는 것뿐이다.

그런데 그때 뜻밖의 일이 벌어졌다. 감도도가 나직하지만 또렷하게 말하면서 화운룡에게 걸어간 것이다.

"어머니, 쓸데없는 말 하지 말아요. 오라버니가 내기에 졌다는 사실을 잊었나요?"

"도도야."

"약속은 약속이에요."

감도도는 화운룡에게 이르러 냉랭한 얼굴로 허리를 굽혔다.

"먼저 가겠습니다, 주인님."

감도도는 빠른 걸음으로 뛰듯이 대전을 나가고, 유홍 세 자매는 망연한 표정으로 감도도를 바라보았다.

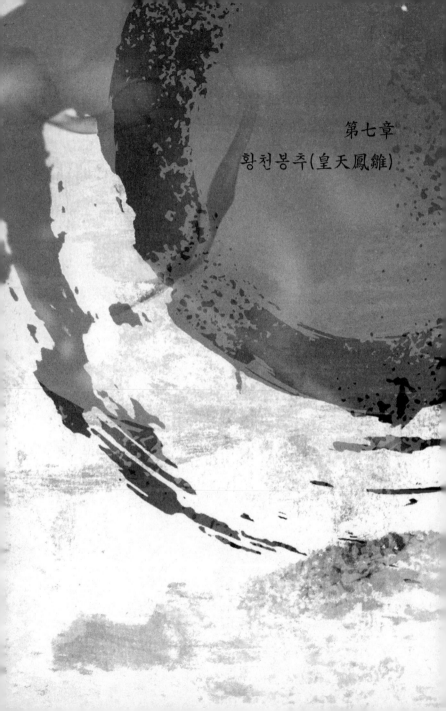

第七章

황천봉추(皇天鳳雛)

"아……."

옥봉은 깜짝 놀라서 눈을 반짝 떴다.

눈을 떴지만 실내가 워낙 캄캄한 탓에 여전히 눈을 감고 있는 것만 같았다.

옥봉은 누운 채 눈을 깜빡거리며 생각했다.

'꿈이 깨버렸어…….'

그녀는 아주 오래전 어렸을 때부터 매우 자주 희한한 꿈을 꾸곤 했다.

그녀의 기억으로는 아마도 서너 살 때부터였을 것이다. 어쩌면 더 어렸을 때부터였는지도 모르지만 서너 살 이전의 일은 기억하지 못한다.

그래서 그녀는 자신이 태어나면서부터 이 꿈을 꾸었을 것이라고 추측했다.

꿈을 꾸면 그녀는 어디론가 정처 없이 길을 떠나곤 하는데 서너 살 때부터 지금까지 꿈을 꾸기만 하면 늘 똑같은 길을 갔다.

들판을 지나고 강을 건너서 산을 오르기도 하는데 꿈속이라서 그런지 조금도 힘들지 않았다.

주변의 풍경이 너무도 아름다워서 수백 번 그 길을 가는 동안에 한 번도 지루했던 적이 없었다.

아니, 오히려 그 길을 가는 일이 너무도 즐겁고 행복해서 언제나 신바람이 났었다.

매우 먼 길이었지만 조금도 힘들지 않았으며 맨발로 잠옷 차림에 콧노래를 부르면서 한나절 이상 걸었는데도 나중에 알고 보면 시간이 순식간에 흘러 그녀는 어느덧 어떤 장소에 도착해 있었다.

이제는 익숙해져 버린 덕분에 그곳에 있는 것이 그녀가 살고 있는 집보다도 더 편안한 장소가 돼버렸다.

고서에서만 읽었던 무릉도원이 있다면 바로 이런 곳이라고 할 수 있을 만큼 아름다운 곳이다.

거기에는 옥봉이 가장 기대하고 또 보고 싶어 하는 사람이 그녀를 기다리고 있다.

그곳 입구에서 새하얀 백의 장삼을 입고 옥봉을 바라보면서 미소를 짓고 있는 그 사람은 남자이며 백발에 긴 백염을 기른 잘생긴 사람이 인자한 미소를 지으면서 그녀를 기다리고 있는 것이다.

그 사람은 분명히 노인이지만 옥봉은 그가 노인이라는 생각이 조금도 들지 않았다.

그 사람에 대해서는 뭐라고 설명하기가 어렵다. 가족하고는 또 다른 느낌이었다.

부모와 형제들도 소중하지만 그 사람이 소중한 것에 비할 수가 없다.

기억이 미치는 서너 살 때부터 수백 번이나 계속된 그 사람과의 꿈속에서의 만남과 생활은 어느덧 그 사람을 목숨처럼 중요한 존재로 만들어놓았다.

그는 언젠가 꿈이 아닌 현실에서 옥봉이 혼인을 하게 된다면 느끼게 될 남편 같은 그런 느낌을 주는 사람이다.

십칠 세 어린 소녀와 나이를 측량하기 어려운 노인의 조합은 상상하기 어려운 일이지만 꿈속에서 옥봉은 그를 남편 그 이상의 존재로 여겼다.

옥봉은 언제나 그랬듯이 한달음에 달려가서 그 사람 품에 작은 몸을 던져 안긴다.

그 사람에게 안기면 오랫동안 고향을 떠났다가 돌아온 것처럼 가슴이 뭉클거리고 기쁨으로 숨을 쉴 수가 없을 지경이다.

그 사람은 옥봉을 안고 때로는 업고서 무릉도원의 곳곳을 산책하다가 어느 호숫가에 지어진 예쁜 장원으로 들어간다.

옥봉은 그 장원에서 그 사람과 생활을 한다. 몇 날 같기도 하고 몇 년 같기도 한 꿈처럼 달콤한 나날이 흐른다.

두 사람은 그곳에서 인간이 누릴 수 있는 모든 행복을 한껏 만끽한다.

그리고 해질녘이면 호숫가의 통나무 탁자 앞에 앉아서 옥봉과 그 사람이 함께 준비한 만찬을 즐긴다.

그러고 나서 그 사람은 호수를 바라보며 피리를 분다.

언제 들어도 마음이 편안하고 안락해지는 피리 소리다.

옥봉은 옆에 앉아서 그 사람 몸에 기대기도 하고 어떨 때는 무릎에 앉아서 그 사람의 너른 가슴에 몸을 기댄 채 피리 소리를 들었다.

그렇게 호젓한 기분을 느끼면서 옥봉은 살포시 잠이 드는 것 같은 기분에 빠진다.

꿈속에서 잠이 드는 것이다.

그러고는 피리 소리가 점점 멀어지다가 뚝 끊어질 때 꿈속에서의 잠이 깨는데 그때 그녀는 현실에서의 잠에서도 깨어난다.

조금 전에도 그녀는 그 꿈을 꾸다가 피리 소리가 끊어지는 것을 느끼면서 잠에서 깼다.

아직도 옥봉의 귓가에는 피리 소리의 여운이 생생하게 남아 있다. 그리고 그 사람의 따뜻한 체온이 느껴졌다.

'그분은 누굴까?'

지금까지 수백 번이나 꾸어온, 그렇지만 매번 조금씩 다른 상황의 꿈속에서 만나는 그 사람의 얼굴은 손으로 잡힐 것처럼 너무도 생생하다.

수백 번이나 꾼 꿈이지만 단 한 번도 똑같은 상황이 반복되는 경우가 없었다.

그래서 조금도 지겹지 않았으며 어쩌다가 꾸는 부정기적인 그 꿈을 다시 꾸기 위해서 그녀는 부단히도 노력을 했다. 그렇지만 노력한다고 해서 꾸어지는 꿈이 아니었다.

'그분을 현실에서 만날 수 있을까?'

아직 날이 밝지 않은 이른 새벽에 잠이 깬 옥봉은 그때부터 잠을 이루지 못하고 눈을 말똥거리면서 누워 있었다.

꿈속에서 서로의 분신처럼 느꼈던 그 사람의 모습이 옥봉의 망막에서 사라지지 않았다.

*   *   *

"주모께서 계신 곳이 여기로군요."

장하문은 번화하기 짝이 없는 대도 북경(北京)의 거리를 보면서 감회 어린 표정을 지었다.

강소성 남쪽 태주현을 출발한 화운룡과 장하문은 말을 타고 보름 만에야 삼천여 리 거리인 북경에 방금 도착했다.

두 사람은 북경행을 서두르지 않았으며 이참에 아예 유람이라도 하려고 한껏 늑장을 부리면서 오는 길에 있는 명승지란 명승지는 다 들렀다.

그 덕분에 두 사람은 예전보다 많이 친해졌다. 물론 장하문에게만 해당하는 일이다.

다각다각…….

검고 흰 두 필의 준마에 탄 두 사람은 북경의 거리를 나란히 나아갔다.

"자네 사문이 이곳 유릉서원(裕陵書院)이었지?"

장하문은 빙그레 미소 지었다.

"기억하시는군요. 여기에서 멀지 않은 곳입니다."

"알고 있네. 나는 자네 스승하고도 친한 사이가 됐었네."

"그러셨군요. 스승님께선 장수하셨습니까?"

"팔십삼 세까지 사셨네. 장례식 때에는 나도 자네와 함께 참석했어."

"감사합니다."

화운룡은 장하문의 어깨를 두드렸다.

"하룡, 그건 아직 일어나지 않은 일이야."

"그렇군요."

화운룡이 넌지시 일러주었다.

"스승을 뵈면 평소 드시지 않았던 생경한 요리를 조심하라고 말씀드리게."

"아……."

"자네 스승께선 가미어(佳味魚)라는 생전 처음 대하는 생선 요리를 드시고 나서 중독되셨네. 그게 아니었으면 백 세까지 사셨을 게야."

장하문은 반색하며 포권을 하면서 고개를 숙였다.

"반드시 조심하시라고 말씀드리겠습니다."

스승이 장하문의 조언을 받아들여 앞으로 생경한 요리를 멀리한다면 십칠 년 이상 더 사실 수 있다니 이보다 기쁜 일이 없을 터이다.

대로가 넓기는 하지만 워낙 사람이 많은 탓에 두 사람이 탄 말은 빨리 가지 못했다.

"주군, 여기에서부터는 제게 맡기십시오."

"어쩔 셈인가?"

"제게 맡기는 것 말고 주군께 달리 방법이 있으십니까?"

화운룡은 씁쓸한 미소를 지었다.

"없는 줄 알면서 왜 그러는가?"

장하문은 고개를 절레절레 가로저었다.

"주군께선 정말 대단하십니다. 저는 설마 주모께서 황천봉추(皇天鳳雛)이실 줄은 꿈에도 몰랐습니다."

이즈음 십칠 세의 주옥봉은 제법 대단한 명성을 날리고 있었는데 '황천봉추'라는 아호가 그것이다.

예로부터 황천(皇天)은 황궁을 가리키며 황궁이 대륙의 하늘이라는 것에서 비롯되었다.

그리고 봉추(鳳雛)는 봉황(鳳凰)의 어린 새끼로서 미모와 자질이 출중한 어린 소녀를 말한다.

그러니까 황천봉추란 '황궁의 봉추'이며 그녀가 황족(皇族)임을 시사하고 있는 것이다.

대체 얼마나 총명하고 미모가 뛰어나면 이제 십칠 세 나이에 황천의 봉추라는 아호를 얻었겠는가.

장하문의 감탄이 이어졌다.

"처음에 주군께 주옥봉이라는 존명(尊名)을 들었을 때에는 설마 그분이 황천봉추일 줄은 몰랐었습니다. 과연… 주군께서 평생 짝사랑을 하실 만하군요."

"그만하게."

화운룡이 머쓱한 얼굴로 손을 내젓자 장하문은 고개를 크게 끄떡였다.

"황천봉추라면 과연 천하제일인의 짝으로서 손색이 없습니다. 주군께선 그야말로 와룡(臥龍)이 아니십니까?"

장하문은 그렇게 말하고는 나직하게 웃었다.

"하하하! 장차 와룡봉추(臥龍鳳雛)께서 어떻게 천하를 주유하실지 자못 기대됩니다!"

장하문은 화운룡을 자신의 사문인 유릉서원으로 데리고 갔다.

그리고 사부인 유릉서원 원주 백선소요(白扇逍遙) 도건중(都建仲)에게 부탁하여 그를 앞세워 황천봉추를 찾아갔다.

장하문은 정공법을 선택했다. 먼발치에서 황천봉추 주옥봉을 훔쳐보는 정도로는 그녀를 공략하지 못한다고 판단했다.

또한 장하문은 화운룡과 주옥봉의 나이가 세 살 차이가 나는 것을 전혀 개의치 않았다.

세상에는 그보다 훨씬 나이 차이가 많이 나는 남녀가 짝을 이루는 일이 수두룩하게 많다.

물론 남자 쪽이 나이가 많고 여자 쪽이 적으며, 이런 경우에는 남자의 재산이 많거나 지위, 권력이 대단하여 어린 여자를 부인이나 첩으로 맞이하는 일이 허다한 것이 중원의 실정이다.

그러므로 화운룡이 주옥봉보다 세 살쯤 많은 것은 전혀 결

점이 아닌 것이다.

화운룡과 장하문, 도건중 세 사람은 황궁인 자금성(紫禁城) 북쪽 지안문(地安門) 근처 하화지(荷花池)라는 호수 옆에 위치한 정현왕부(正弦王府)로 들어섰다.

도건중이 한때 황궁대학사를 지냈고 정현왕부의 주인인 정현왕 주천곤(朱天坤)하고는 학문적인 교류가 잦았던 터라서 정현왕부를 지키는 군사들이 도건중을 보자 공손히 예를 취하면서 서둘러 전문을 열어주었다.

도건중은 자신이 제일 아꼈던 수제자 장하문이 주군이라고 소개한 화운룡에게 최고의 예우를 다해서 대했다.

도건중은 화운룡과 나란히 걸으면서 자신들이 지나고 있는 왕부의 여러 곳들에 대해서 일일이 설명해 주었다.

왕부 내에는 가는 곳마다 담이 쳐져 있으며 화운룡 등은 이미 네 개의 문을 통과했는데도 아직 목적지의 절반에도 이르지 못했다.

그들은 지금 정현왕을 알현하러 가는 길이다. 왕부의 주인인 정현왕을 제쳐놓고 딸부터 만나러 가는 것은 순서가 아니라는 도건중의 말 때문이다.

삘릴리… 삐리리……

그들이 다섯 번째 문을 통과하여 정원을 지나고 있을 때 어디선가 피리 소리가 들려왔다.

화운룡은 가볍게 표정이 변해서 걸음을 멈추고 피리 소리가 들려오고 있는 방향을 바라보았다.

도건중은 걸음을 멈추고 화운룡이 바라보는 방향을 쳐다보면서 의아한 표정을 지었다.

"왜 그러시오?"

"저 피리는 누가 부는 것입니까?"

도건중은 저만치 두 명의 군사가 지키고 있는 문을 가리켰다.

"저긴 봉화궁(鳳花宮)이며 정현왕 전하의 장중주이신 봉화공주(鳳花公主)께서 거처하시는 곳이오."

"가볼 수 있습니까?"

도건중이 미소 지으며 봉화궁으로 앞서 걸었다.

"어렵지 않소이다."

봉화궁은 이곳이 천상이 아닐까 하고 착각이 들 만큼 아름다운 곳이었다.

화운룡 등은 아담한 호수 가장자리를 걷다가 저만치 호수 한가운데의 정자에 앉아서 피리를 불고 있는 한 소녀를 발견하고 걸음을 멈추었다.

"봉화공주외다."

사부 도건중의 말에 장하문이 낮은 탄성을 흘렸다.

"아… 황천봉추시군요."

이십여 장 거리여서 공력이 없는 화운룡의 눈에는 황천봉추 주옥봉의 모습이 자세히 보이지 않았다.

그러나 피리를 불고 있는 주옥봉의 옆모습을 또렷하게 볼 수 있는 장하문은 감탄사를 터뜨리는 것조차 망각할 만큼 놀라서 그녀에게서 눈을 떼지 못했다.

'맙소사… 연치(年齒)가 어림에도 불구하고 인간이 어찌 저토록 아름다울 수 있는가……'

삘리리… 필릴리…….

옥봉은 호수를 향해 앉아서 지그시 눈을 감은 채 피리를 부는 일에 몰두해 있었다.

듣고 있으면 절로 가슴이 미어지는 것 같은 느리면서도 흐느끼는 듯한 곡조다.

화운룡 등은 호숫가에서 정자로 이어지는 운교(雲橋) 앞에 이르렀다.

화운룡은 이끌리듯이 운교 위로 올라서 정자로 다가갔다. 그는 설마 자신이 육십사 년 전으로 돌아와서 이 곡조를 타인에게서 듣게 될 줄은 예상하지 못했다.

도건중이 뒤따르려는 것을 장하문이 옷자락을 슬쩍 잡아서 만류했다.

화운룡은 운교를 걸어가면서 묘한 표정을 지었다.

지금 옥봉이 불고 있는 피리곡, 즉 적곡(笛曲)은 세상천지에
화운룡 혼자만 알고 있는 곡조다.

처음으로 옥봉을 만났던 삼십 세 이후에 그녀를 그리워할
때마다 피리를 불었는데 그렇게 몇 년이 지나면서 하나의 곡
으로 완성되었다.

말하자면 옥봉을 위해서 만든 적곡인데 그 곡을 지금 옥봉
이 불고 있는 것이다.

화운룡은 어느덧 정자에 이르러 걸음을 멈추고 피리를 부
는 옥봉의 자그마한 뒷모습을 물끄러미 바라보았다.

옥봉은 여러 가지 고운 색깔이 섞인 비단옷을 입었으며 길
고 새카만 머리카락을 둥글게 말아서 틀어 올려 비취색의 옥
잠(玉簪)을 꽂은 작고 가녀린 모습이다.

너무 귀여워서 냉큼 달려들어 꼭 안아주고 싶은 한 폭의 그
림 같은 옥체다.

희고 긴 목은 솜털이 보송보송하며 비단옷에 감싸인 어깨
는 매우 연약하고 작아 보였다.

이 소녀가 십 년 후에 삼십 세의 화운룡과 운명적으로 만
나게 되어 그를 평생 동안 짝사랑에 빠지게 만들었다.

옥봉은 화운룡에게만 운명적이었다.

삘릴리⋯⋯.

그런데 끊어질 듯이 애잔하게 흐르던 피리 소리가 갑자기

뚝 멈추었다.

"하아……."

그러고는 옥봉이 피리를 입에서 떼며 한숨을 내쉬었다. 매우 쓸쓸한 한숨 소리다.

화운룡은 옥봉이 어떻게 이 곡을 알고 있는지 궁금했다. 그런데 그녀는 곡의 절반만 불고는 그만두었다. 왜 그랬는지 그것도 궁금했다.

＊　　　　　＊　　　　　＊

화운룡은 옥봉이 놀랄까 봐 인기척을 내지 않고 그 자리에 선 채 물끄러미 그녀를 바라보았다.

잠시 호수를 응시하며 앉아 있던 옥봉이 흘러내린 머리카락을 우아한 몸짓으로 쓸어 올리다가 자신의 뒤에 누군가 서 있는 것을 알아차리고 흠칫하면서 돌아보았다.

"아……."

화운룡을 발견한 그녀는 소스라치게 놀라서 눈을 크게 뜨며 발딱 일어섰다.

옥봉은 커다란 눈을 더욱 크게 뜨고 깜빡거리지도 않으면서 화운룡의 얼굴에 시선을 고정시켰다.

비단옷에 감싸인 그녀의 작은 몸이 바르르 떨고 있었다.

"아아……."

옥봉은 지금까지 수백 번이나 꾸었던 꿈속에서 만난 그 사람이 지금 자신의 눈앞에 서 있는 모습을 발견하고 이것이 꿈이 아닌가 싶어 몇 번이나 눈을 비비면서 봤지만 틀림없이 그 사람이다.

호흡마저 멈춘 그녀는 심장이 멎을 것처럼 놀라서 어떻게 해야 할지 몰랐다.

그런데 자세히 보니까 눈앞에 서 있는 사람은 꿈속에서 봤던 그 사람보다 훨씬 젊다.

꿈속의 그 사람이 오륙십 살쯤 젊어진다면 지금 눈앞에 서 있는 이 사람 모습이 될 것 같았다.

분명한 것은 누가 뭐래도 꿈속에서 봤던 그 사람이 바로 이 사람이라는 사실이다.

옥봉은 늘 꿈속에서 그랬던 것처럼 이끌리듯이 화운룡 앞으로 걸어갔다.

그가 누군지는 중요한 일이 아니다. 옥봉은 이미 그를 너무도 잘 알고 있다.

인간 세상의 신분 따위가 무에 중요하겠는가. 눈앞의 이 사람은 바로 꿈속의 그리운 그이다.

체구가 작은 그녀는 지나치게 큰 키와 체격의 화운룡을 고개를 한껏 들고 올려다봐야만 했다.

슥―

문득 옥봉은 화운룡에게 두 팔을 뻗어 안아달라는 몸짓을 해보였다.

지체 높은 공주의 신분으로 낯선 사내에게 할 수 없는 행동 이지만 그녀는 개의치 않았다.

그녀는 화운룡이 꿈속에서처럼 자신을 포근하게 안아줄 것 이라고 기대했다.

화운룡은 미소를 지으며 두 손으로 옥봉의 허리를 안아 가 볍게 들어 올려 안았다.

옥봉은 두 손을 화운룡의 양어깨에 얹고는 한 자 정도의 거리를 유지하면서 그의 얼굴을 물끄러미 바라보더니 이윽고 화사한 미소를 지으며 속삭이듯이 말했다.

"오셨군요."

화운룡은 옥봉이 어째서 자신을 예전부터 잘 아는 사람처 럼 대하는지 이유를 모르지만 그도 옥봉이 남 같지 않아서 미소를 지으며 고개를 끄떡였다.

정말이지 옥봉은 작은 새처럼 가벼웠다.

아직 여자로서는 성숙하지 않아서 체구나 몸무게는 화운룡 의 반에도 미치지 못했다. 그녀가 자그마한 체구이기도 하지 만 화운룡이 지나치게 큰 탓도 있었다.

옥봉은 두 팔로 화운룡의 목을 꼭 안고 자신의 뺨을 그의 뺨에 대며 속삭였다.

"언젠가는 당신이 소녀를 찾아오실 거라고 믿었어요. 아
아… 그런데 그날이 오늘이었다니……."

옥봉이 화운룡의 입술 한 치 앞에서 오물거리면서 말을 하
자 달콤한 소녀의 향기가 그에게 몰칵몰칵 끼쳐왔다.

꿈속에서 옥봉은 백발 백염의 그 사람과 마치 오랜 부부인
것처럼 행동했기에 지금 이런 행동은 무척이나 자연스러웠다.

그녀는 꿈속에서 수백 번이나 그의 품에 안겼었고 무릉도
원 같은 그곳 장원의 한 침상에서 잠도 같이 잤었다.

도건중은 옥봉이 스스로 팔을 뻗어서 화운룡에게 안기고
마치 어린 딸이나 여동생이 아버지나 큰오빠에게 대하는 듯
한 행동을 보고 크게 놀랐다.

"하문아, 화 공자는 원래 봉화공주와 아는 사이였느냐?"

장하문도 지금 눈앞에서 벌어지고 있는 일에 대해서 영문
을 모르지만 별로 놀라지는 않았다.

원래 운명적인 관계의 사람들은 운명적인 강한 끌림이 있다
고 믿기 때문이다.

그는 지금 눈앞에서 벌어지고 있는 광경을 보고 화운룡과
옥봉이 논리적으로는 결코 설명할 수 없는 질긴 끈으로 연결
된 운명적 관계라고 믿었다.

어쩌면 쌍념절통이 팔십사 세의 화운룡과 현재 이십 세의 화운룡처럼 같은 사람에게만 적용된 것이 아니라 십칠 세 옥봉에게도 파생되는 것인지 모른다는 생각이 들었다.

그게 맞는다면 쌍념절통은 양방향이 아니라 다방향(多方向)으로의 연결이 가능하다는 뜻이다.

팔십사 세 화운룡의 간절한 염원이 다른 차원의 옥봉에게 이어져서 기적을 만들어낸 것이리라.

장하문과 도건중이 지켜보고 있는 동안 화운룡이 옥봉을 안고 정자의 의자에 앉아서 피리를 불기 시작했다.

삘릴리… 삐리리…….

조금 전 옥봉이 불었던 바로 그 곡조인데 그녀가 불 때보다 훨씬 더 매끄럽고 능숙한 솜씨다.

옥봉은 화운룡의 피리 연주를 들으면서 흐르는 눈물을 주체하지 못했다.

사실 그녀는 피리 연주를 절반밖에 할 줄 모른다.

꿈속에서 그 사람이 연주하는 것을 듣고 기억했다가 현실에서 생각나는 대로 연주해 봤는데 꿈속에서 들었던 것처럼 잘되지 않았고 또 전반부밖에 기억이 나지 않았다.

수백 번도 더 들었던 곡인데도 후반부가 도저히 기억나지 않았다. 아마도 후반부를 다 듣기도 전에 꿈에서 깨었기 때문일 것이다.

그런데 지금 화운룡이 연주하는 곡조는 꿈속에서 들었던 것과 한 치의 어긋남 없이 완벽하게 똑같았다.

마치 옥봉은 꿈속의 그 무릉도원 호숫가에 앉아서 피리 연주를 듣고 있는 듯한 착각에 빠졌다.

그리고 옥봉의 기억 속에서 가물가물했던 후반부 곡조가 구슬프게 흘러나올 때 그녀는 너무 기뻐서 그의 가슴에 얼굴을 묻고 두 손으로 허리를 꼭 끌어안았다.

절대로 이 사람을 놓치지 않을 거야, 라는 결심이 그녀의 행동에서 묻어났다.

삘릴리… 삐리리…….

구슬픈 피리 소리 속에서 옥봉의 꿈이 현실이 되고 있었다.

화운룡의 피리 연주가 끝났지만 옥봉은 그에게 찰싹 달라붙어서 떨어질 줄을 몰랐다.

"꿈이 이루어질 것이라고 굳게 믿고 있었어요."

"무슨 꿈이오?"

"용공(龍公)께선 소녀의 꿈을 꾸지 않으셨나요?"

옥봉은 그의 가슴에서 얼굴을 떼고 그를 올려다보며 눈물이 가득한 눈으로 물었다.

"왜 나를 용공이라고 부르는 것이오?"

"소녀가 당신을 수십 년 동안 불렀던 호칭이에요."

"수십 년 동안?"

"한 번 꿈을 꾸면 몇 달씩 용공과 함께 지냈는데 그런 꿈을 수백 번 꾸었으므로 우린 수십 년을 같이 지낸 것이죠. 그 수십 년 동안 소녀는 당신을 용공이라고 불렀어요."

화운룡이 이루지 못해서 속을 썩이며 부심(腐心)했던 사랑의 아픔을 옥봉이 꿈으로 완성시키고 있었다.

십칠 세 어린 소녀와 팔십 노령의 화운룡이 꿈속에서 부부로 수십 년 동안 해로했다는 것이다.

현실에서는 있을 수 없는 일이 꿈으로 이루어졌다. 그렇지만 화운룡은 모르는 일이기도 하다.

화운룡은 가슴속으로 따뜻한 물줄기가 흐르는 작은 감동을 맛보았다.

화운룡의 이름 끝 자 '용'에 아내가 남편을 부르는 극존칭인 '공(公)'을 붙인 것이다.

"나는 그대를 뭐라고 불렀소?"

옥봉은 대답하지 않고 별처럼 빛나는 눈으로 그를 바라보면서 되물었다.

"뭐라고 부르셨을 것 같은가요?"

화운룡은 자신이 오십사 년 동안 옥봉을 그리워하면서 남몰래 혼자 부르던 호칭을 얘기했다.

"봉애(鳳愛)."

옥봉의 눈이 더 밝아지고 얼굴에 햇살 같은 기쁨이 피었다.

"맞아요."

그녀는 너무나 기뻐서 작고 가녀린 몸을 떨며 화운룡의 뺨에서 자신의 뺨을 떼고 그를 바라보았다.

원래 화운룡을 처음 봤을 때 그가 꿈속의 그 사람이라고 믿었지만 이제 옥봉은 그 사실을 절대적으로 신봉하게 되었다.

"이제부터는 소녀를 봉애라고 부르세요."

"알았소."

옥봉은 자신의 눈 속으로 화운룡을 빨아들일 것처럼 그윽하게 바라보며 다시 물었다.

"용공께선 소녀의 꿈을 꾸지 않으셨나요?"

"내 삶 전체가 그대뿐이었소."

오십사 년 동안 나는 매순간 호흡을 하는 것처럼 그대를 한시도 잊은 적이 없었다오, 라고 말하고 싶었지만 지금은 그럴 때가 아니다.

그러나 언젠가는 그것을 말할 수 있을 때가 올 것이라고 믿었다.

"그러셨을 거예요. 소녀도 그랬으니까요."

"꿈에 대해서 말해주겠소?"

"그 전에 적곡(笛曲: 피리 연주곡)에 대해서 말씀해 주세요."

화운룡은 쑥스럽거나 창피해서 아무에게도 말하지 못했던 비밀을 옥봉에게 솔직하게 털어놓았다.

"그대를 그리워하면서 만든 곡이오."

옥봉은 그의 가슴을 만지작거리다가 손을 뻗어 그의 뺨을 어루만지며 쓰다듬었는데 무척이나 자연스러웠다.

장하문과 도건중이 보기에 매우 이상했으나 옥봉과 화운룡은 자신들만의 세계에 깊이 빠져 있었다.

"그랬군요. 곡명이 있나요?"

화운룡은 조금 쑥스러운 표정을 지었다.

"사련봉애(思戀鳳愛)라고 하오."

"아……"

사련이란 애타게 그리워한다는 뜻이고, 거기에 화운룡이 옥봉을 부르는 호칭 '봉애'를 붙여서 사련봉애인 것이다.

옥봉은 피리 연주가 자신을 위해서 만들어졌을 것이라고 굳게 믿고 있었으며 그것을 확인하자 너무 기쁘고 행복해서 숨이 끊어져서 죽을 것만 같았다.

옥봉은 다시 그의 가슴에 뺨을 비비면서 말했다.

"이제 용공과 절대로 헤어지지 않을 거예요."

그녀의 당찬 말에 화운룡은 빙그레 미소를 지었다.

"정현왕께서 허락하지 않으실 게요. 그분의 허락을 받으려면 상당한 노력과 오랜 세월이 필요할 것이오."

화운룡은 자신으로서는 전혀 예상하지 못했던 일로 인해서 옥봉이 이미 자신을 너무도 잘 알고 있으며 그 덕분에 일이 거짓말처럼 쉽게 풀리자 이 정도로 만족했다.

과욕은 금물이다. 그러므로 이후 충분한 시간을 두고 차츰 풀어나가면 될 것이라고 생각했다.

옥봉은 몸을 일으켜서 그를 정면으로 바라보며 말했다.

"아버지께선 소녀를 이기지 못해요."

"공주."

"우린 부부였어요. 그리고 소녀를 봉애라고 부르세요."

"……"

"소녀는 비록 현실에서는 십칠 세지만 꿈속에서 수십 년을 살았기에 정신은 오십 살도 더 먹은 아줌마였어요."

"꿈속에서 그대의 모습이 아줌마로 변했소?"

옥봉은 살짝 눈을 흘겼다.

"아니에요. 몸은 그대로지만 마음이 그렇다는 거예요. 말하자면 겉모습만 십칠 세인 구미호(九尾狐)가 비로 소녀예요."

"어이쿠, 무서워라."

"용공께선 이따금 소녀를 무서워하기도 하셨어요."

"그 말을 들으니 더 무섭구려."

옥봉은 두 팔로 그의 목에 매달려서 계속 속삭였다.

"그리고 용공께선 이제부터 소녀에게 하대를 하세요. 당신의 존대를 들으려니까 소녀가 몹시 불편합니다. 꿈속에서 수십 년 동안 하셨던 대로 하세요."

"허허……"

옥봉은 눈을 가늘게 뜨고 감탄했다.

"어쩜… 용공께선 용모와 체격에 목소리까지 너무 똑같아요. 백발 백염만 빼면 말이죠."

키가 화운룡의 가슴에도 못 미치고 몸통이 절반에도 미치지 않을 만큼 가녀린 옥봉은 입술을 나풀거리며 속삭였다.

"이제 제 처소로 가요."

화운룡은 옥봉을 등에 업고 운교 너머의 전각으로 향했다.

꿈은 옥봉이 꾸었지만 화운룡은 그녀의 꿈속으로 함께 걸어 들어갔다.

"용공께선 소녀의 스승이셨어요."

"그랬소?"

"소녀에게 천하의 모든 학문을 가르치셨어요. 우주와 삼라만상의 섭리까지도."

노년의 화운룡은 천상천하무불통지, 즉 무공으로든 학문으로든 모르는 것이 없는 상태였다.

그걸 수십 년 동안 옥봉에게 가르친 것이다.

화운룡은 옥봉이 그와 함께 살았다는 무릉도원의 설명을

듣고 이각에 걸쳐서 하나의 그림 풍경화를 그렸다.

실내에는 화운룡과 옥봉 두 사람만 있고 장하문과 도건중
은 다른 방에서 차를 마시면서 기다리고 있는 중이다.

"아아……."

옥봉은 방금 완성된 풍경화를 보고는 또다시 눈물을 흘리
면서 전율했다.

"맞아요… 이곳이 우리가 살던 곳이에요……."

화운룡은 옥봉의 설명을 듣고는 거기가 어디라는 것을 짐
작하고 그림을 그린 것이다.

"용황락(龍凰樂)이오."

옥봉은 무릉도원의 이름을 처음 알게 되었다. 꿈속의 장원
에는 편액이 없었다.

"황(凰)인가요?"

"그렇소."

본디 예로부터 봉황의 봉(鳳)은 남자, 황(凰)은 여자를 뜻한
다. 하지만 황속은 남녀의 구분 없이 '봉'을 사용한다. 황족만
의 특권이다.

그런데 화운룡은 무릉도원의 이름에 '황'을 넣어서 옥봉을
여자로서 명확하게 구분했다.

"당신의 존함은 화운룡이시죠?"

"그렇소."

"용공께서 처음 소녀를 만났을 때 말씀해 주신 그 존함이에요. 그래서 용황락이로군요."

화운룡은 사랑스러운 듯 옥봉의 복숭아 같은 뺨을 부드럽게 쓰다듬었다.

"언젠가 그대와 함께 살기를 고대하면서 아무도 모르는 장소에 용황락을 마련했소."

옥봉은 두 손을 모았다.

"가보고 싶어요, 우리들의 집에……."

"장소만 물색해 놓았을 뿐 아직 집은 짓지 않았소."

사실 화운룡이 무릉도원을 발견한 것은 사십오 세 때였으며 그곳에 수시로 드나들면서 순전히 혼자 힘으로 초목을 가꾸고 전각 따위를 지은 것은 오십오 세가 넘어서였다.

물론 지금은 건축물들이 존재하지 않을 것이다.

"용공의 춘추는 몇인가요?"

"스무 살이오."

옥봉은 함박 미소를 지었다.

"꿈속에서는 당신과 백년해로를 하지 못할 거라고 생각했는데 이제 가능하게 되었어요."

꿈속에서의 화운룡은 아마도 팔십 세가 훌쩍 넘은 나이였을 것이다.

그래서 옥봉은 그와 현실에서 만나게 되면 실제 부부 생활은 길어야 몇 년 아니면 십 년 정도뿐일 것이라고 생각했다.

그런데 지금 눈앞에 있는 화운룡은 이십 세 젊은 나이에 옥봉의 가슴을 설레게 만들 정도로 잘생긴 미남이다.

십칠 세 소녀는 오늘 천하를 가졌다.

옥봉은 화운룡의 손을 잡고 옆방으로 이끌었다.

그 방에 들어선 화운룡은 크게 놀라고 말았다.

매우 큰 그 방의 사방, 그리고 방의 여기저기에는 수십 장의 크고 작은 그림들이 가득 걸려 있었다.

그런데 그 많은 그림은 두 가지만을 그렸다. 백발 백염의 화운룡과 무릉도원 용황락이다.

화운룡은 그림들을 보고 미소를 지었다. 십절무황 화운룡의 팔십 대 모습이 거기에 있었다.

옥봉의 그림 솜씨는 썩 훌륭했다.

"그림 그리는 것도 당신이 가르쳐 주셨어요."

화운룡과 옥봉은 단둘이서만 시간 가는 줄 모르고 대화를 나누었다.

다른 방에서 기다리는 장하문과 도건중은 지루함을 이기지 못하고 바둑을 두었다.

옥봉은 화운룡을 놓칠세라 그에게서 한 걸음도 떨어지려고 하지 않았다.

두 사람은 대화를 나누는 동안 서로에 대해서 더 많은 것을 알게 되고 그래서 연신 감탄을 금하지 못했다.

옥봉이 봤을 때 화운룡의 지식은 그녀보다 열 배는 더 해박하고 방대했다.

그리고 화운룡이 봤을 때 옥봉은 도저히 십칠 세라고 여기지지 않을 정도로 박식하고 총명했다.

옥봉은 꿈속에서 수십 년 동안 노년의 화운룡에게 학문을 배웠다고 설명했다.

애기가 길어지자 화운룡이 자리에서 일어섰다.

"늦었소. 정현왕 전하께 인사를 드리고 이만 가봐야겠소."

"잠깐 기다리세요."

옥봉은 그의 앞에 서서 그가 일어서지 못하도록 두 손으로 양어깨를 눌렀다.

화운룡은 빙그레 미소 지었다.

"내일 또 오겠소."

옥봉은 진지한 표정을 지었다.

"소녀를 어떻게 하실 생각인가요?"

"기다리겠소."

"소녀가 혼인할 때까지 말인가요?"

"그렇소."

옥봉은 슬픈 표정을 지었다.

"그동안 소녀는 용공을 꿈속에서나 만날 수 있겠지요?"

"자주 오겠소."

"싫어요. 그럴 수 없어요."

옥봉은 그와 마주 보며 무릎에 앉더니 그의 가슴에 얼굴을 묻고 도리질을 쳤다.

그런 모습은 영락없는 십칠 세 어린 소녀가 떼를 쓰는 것 같아서 화운룡은 빙그레 미소를 지었다.

옥봉은 자신이 꿈속에서 화운룡을 줄잡아 사백 번 가까이 만났으며, 한 번 만날 때마다 용황락에서 몇 달씩 함께 생활했다고 말했다.

현실에서 그녀가 자는 시간은 길어야 네 시진을 넘지 않았지만 하룻밤 꿈을 꾸면 몇 달 동안 화운룡과 같이 생활했다는 사실이 신기하기 짝이 없다.

옥봉은 화운룡 무릎에서 내려왔다.

"소녀하고 같이 아비지를 만나러 가요."

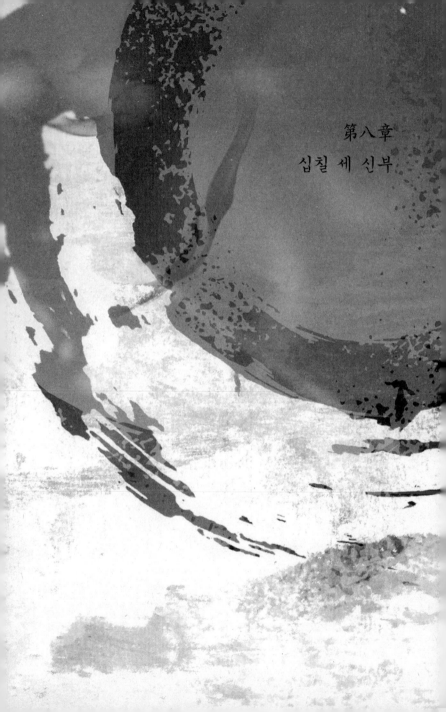

第八章

십칠 세 신부

정현왕 주천곤은 놀라고도 어이가 없어서 한동안 아무 말도 하지 못했다.

눈에 넣어도 아프지 않을 막내 외동딸 옥봉이 느닷없이 집을 떠나겠다고 조금 전에 선언했기 때문이다.

집을 떠나게 해달라고 간청하는 것도 아니고 집을 떠날 테니까 그리 알라는 식으로 선언을 한 것이다.

더구나 기절초풍할 일은 옥봉이 집을 떠나려고 하는 이유가 한 남자를 따라가기 위해서라는 것이다.

내전의 단상에는 정현왕 부부가 커다란 의자에 나란히 앉아서 단하의 옥봉을 걱정스럽게 바라보고 있다.

그리고 단하의 양쪽에는 두 명의 청년이 서 있는데 그들은 정현왕의 두 아들로서 누이동생의 갑작스러운 선언에 크게 당황한 표정이었다.

단하에는 옥봉과 화운룡이 누가 보더라도 다정하게 나란히 정현왕 부부를 마주 보고 서 있었다.

화운룡은 어색하고 착잡한 심정이지만 이왕 이렇게 된 것 밀어붙이기로 했다.

그리고 두 사람 뒤쪽 멀찍이 떨어진 곳에 장하문과 도건중이 나란히 서 있다.

"아버지, 제가 오랫동안 희한한 꿈을 꾸고 있다는 것을 알고 계시지요?"

주천곤은 진중하게 고개를 끄떡였다.

"안다."

"아버지께선 소녀가 어떤 꿈을 꾸는지 잘 아시죠?"

주천곤은 딸이 서너 살 때부터 며칠에 한 번 꼴로 똑같지만 결코 똑같지 않은 꿈을 꾸고 있으며, 꿈속에서 딸이 누구와 무엇을 하는지도 그녀에게 들어서 알고 있었다.

물론 미주알고주알 구체적으로는 모른다.

"알고 있다."

딸이 허구한 날 꾸는 꿈속에서 백발노인과 부부처럼 지낸다는 사실을 알고 정현왕은 깊은 마음의 병이 생겼을 정도로 상심했다.

옥봉은 옆에 서 있는 화운룡을 가리켰다.

"아버지, 이 사람이 바로 그 사람이에요."

주천곤은 딸이 떠나겠다고 한 선언 때문에 마음이 심란했다.

"그가 누구라는 말이냐?"

"몽중정인(夢中情人)이에요."

꿈속의 연인.

"뭐시라?"

주천곤은 너무 놀라서 자리를 박차고 벌떡 일어섰다.

"그가… 정말 몽중정인이라는 말이냐?"

"틀림없어요."

화운룡은 한쪽 무릎을 꿇고 공손히 예를 취했다.

"강소 태주의 화운룡이 정현왕 전하를 뵈옵니다."

주천곤은 무섭게 화운룡을 쏘아보았다.

"닥쳐라! 너는 내 딸에게 무슨 수작을 부린 것이냐?"

그는 딸을 너무 사랑하는 나머지 화운룡에 대해서 자세히 알아보려고 하지도 않고 다짜고짜 그를 사기꾼처럼 대했다. 그의 눈에는 화운룡이 그렇게 보일 수밖에 없다.

화운룡은 예를 취한 자세에서 고개를 들어 주천곤을 바라보며 정중하게 말했다.

"전하, 노여움을 푸십시오."

"나더러 노여움을 풀라고? 어리고 순진한 내 딸을 꾀어내려는 네놈을 보고 노여움을 풀라는 말이냐?"

평소 냉철하고 진중한 성격의 주천곤이지만 지금은 목숨보다 더 사랑하는 외동딸이 난데없이 가출을 선언했으며 그녀가 무작정 따라가겠다고 하는 생면부지의 사내가 눈앞에 있는 상황이라 이성을 잃고 말았다.

"여봐라! 당장 저놈을 제압하라!"

급기야 주천곤은 양쪽에 도열해 있는 왕궁의 호위고수들에게 쩌렁쩌렁하게 외쳤다.

차차창!

일류고수 수준인 왕궁고수들이 일제히 도검을 뽑으며 화운룡에게 덤벼들었다.

"멈춰라!"

순간 옥봉이 날카롭게 외쳤다.

주천곤은 딸을 보는 순간 얼굴이 사색으로 변했다.

차가운 얼굴의 옥봉이 한 자루 단검을 쥐고 자신의 목을 겨누고 있기 때문이다.

옥봉은 단호한 표정으로 단검을 쥔 손에 힘을 주며 주천곤을 바라보았다.

"이분 몸에 손을 댄다면 소녀는 이 자리에서 죽겠어요."

"봉아……."

주천곤은 크게 당황해서 어쩔 줄을 모르고 옥봉의 어머니는 기절할 것처럼 놀라 울부짖으며 눈물을 흘렸다.

단검의 뾰족한 검첨이 백옥처럼 희고 가녀린 목을 살짝 찌르는 바람에 새빨간 피가 흘러내려 보는 사람들을 더욱 아연실색하게 만들었다.

십칠 세 어린 소녀로서는 절대로 할 수 없는 행동이다.

그녀 말처럼 꿈속에서 수십 년 동안 살아 꿈의 나이가 오십 살이 넘어야지만 가능한 일이다.

소스라치게 놀란 주천곤은 호위고수들에게 손짓을 하며 고함을 쳤다.

"어서 물러나라!"

왕궁고수들이 물러나자 옥봉은 그 자세 그대로 눈물을 흘리며 주천곤을 애절한 표정으로 바라보면서 애원했다.

"아버지, 소녀를 이 사람과 함께 보내주세요. 이 사람과 헤어지면 소녀는 죽어요……."

옥봉의 눈에서 애절한 눈물이 뚝뚝 떨어졌다.

주천곤 부부는 이제 겨우 십칠 세 딸이 어쩌다가 저 지경이 됐는지 그저 가슴이 미어질 뿐이었다.

화운룡은 이래서는 안 되겠다고 생각했다. 이제 그가 나서

서 상황을 정리해야 할 때다.

그는 옥봉을 보며 조용히 말했다.

"봉애, 칼을 거두시오."

"용공……."

옥봉은 자신이 단검을 거두는 순간 왕궁고수들이나 무예가 출중한 두 오빠가 화운룡에게 몹쓸 짓을 할 것이라고 믿기 때문에 쉽사리 화운룡의 말에 따르지 못했다.

"내 말을 들으시오."

옥봉의 표정이 여러 차례 변하더니 이윽고 단검을 쥔 손을 아래로 내렸다.

슥―

화운룡이 손을 내밀자 옥봉은 단검을 그에게 주었다.

화운룡이 단검을 바닥에 놓고 앞쪽으로 밀자 두 오빠 중에 한 명이 재빨리 단검을 집어 들었다.

그런 모습을 보고 주천곤 부부는 크게 안도하여 긴 한숨을 토해냈다.

화운룡은 고개를 들어 주천곤을 우러르며 공손히 말했다.

"전하, 소생은……."

그때 뒤에 서 있던 도건중이 허리를 굽히며 불쑥 말했다.

"전하, 소생 도건중입니다."

주천곤은 자신의 정신적 스승인 도건중이 와 있는 것을 진작 보았으나 경황이 없어서 알은척을 하지 못했다.

"도 사부, 오셨소?"

주천곤은 애써 웃음을 보이며 고개를 끄떡였다.

평소 주천곤은 도건중에게만은 격의 없이 수평적인 관계로 대하면서 학문을 배우기도 하고 왕부의 일에 대해서 여러 조언을 구하기도 했다.

그랬던 터여서 도건중을 대하자 자연히 주천곤은 노기가 많이 누그러들었다.

주천곤은 화운룡과 도건중이 따로 온 줄 알고 있다.

"전하, 저 사람에 대해서 말씀드릴 것이 있습니다."

"그를 아시오?"

도건중의 말에 주천곤은 가볍게 놀랐다.

"저 사람은 다름 아닌 소생의 수제자인 장하문이 모시고 있는 인물입니다."

주천곤은 도건중 옆에 서 있는 장하문을 쳐다보았다.

"도 사부의 수세자라면 신기서생이라는 놀라운 천재를 말씀하시는 것이오?"

주천곤은 신기서생을 본 적은 없지만 소문은 익히 들어서 알고 있었다.

"그렇습니다. 바로 이 사람입니다."

장하문은 허리를 굽혔다.

"소생 장하문입니다."

그는 허리를 펴고 나서 화운룡을 가리키며 설명했다.

"저분은 소생의 주군이십니다."

"허어……."

주천곤은 크게 놀라면서 화운룡과 장하문, 그리고 도건중을 번갈아서 쳐다보았다.

방금 장하문의 말로써 화운룡을 설명하기에 충분했다.

백선소요 도건중은 천하가 인정하는 당대의 대학자이고, 그의 수제자인 신기서생 장하문은 장차 도건중을 능가할 것이라는 예상이 공공연한 사실이다.

그런 신기서생이 주군으로 모시고 있는 인물이라면 두 말할 필요가 없을 터였다.

주천곤이 화운룡을 날강도 사기꾼 같은 불한당으로 여겼던 오해는 일단 풀어졌다.

그렇다고 문제가 완전히 해결된 것이 아니다. 눈에 넣어도 아프지 않을 십칠 세 장중주가 화운룡을 따라가려고 가출하려는 문제가 남아 있다.

장하문은 화운룡이 예를 취하고 있는 모습을 오래 지켜볼 수가 없었다.

"전하, 저분을 일어나게 하심이 어떻겠습니까?"

주천곤은 장하문의 마음을 읽었다. 하지만 그는 결코 꽁한 사람이 아니다.

"일어나라."

주천곤과 왕비, 그리고 두 명의 아들은 일어선 화운룡을 새삼스러운 시선으로 관찰하기 시작했다.

화운룡이 일어서자 옥봉은 그에게 다가가서 옆에 붙듯이 나란히 섰다.

장하문이 다시 말문을 열었다.

"외람되오나 소생이 한 말씀 올리겠습니다."

"말하라."

화운룡은 지금으로선 장하문에게 이 상황을 맡길 수밖에는 없다고 생각했다.

화운룡이라는 이름은 아직 강소성 남쪽 태주현에서만 조금 알려져 있을 뿐이지만 신기서생 장하문은 유생들 사이에서는 무림의 절정고수 수준이다.

장하문이 무슨 생각을 하고 있는지는 모르지만 일단 이 상황에서 빗어날 방법을 구사할 것이다.

"소생의 소견으로는 봉화공주와 소생의 주군께선 그야말로 와룡봉추(臥龍鳳雛)로서 하늘이 맺어준 천생배필입니다. 두 분이 부부로 맺어진다면 용봉(龍鳳)이 서로 조화하여 양쪽 가문이 크게 부흥할 것이 분명합니다."

장하문의 입에서 나온 청천벽력 같은 말에 모두들 크게 놀랐으며 화운룡도 움찔했다.

'저 친구…….'

장하문은 빙빙 에두를 필요 없이 아예 떡 본 김에 제사를 지내기로 작정했다.

"봉화공주께선 세월이 흐르면 언젠가는 혼인을 하실 터인데 지금이 아니면 평생 소생의 주군 같은 인중지룡은 만나지 못하실 것입니다."

당시 중원의 혼인 풍습은 남녀의 나이 차이에 매우 너그러운 편이므로 주천군은 옥봉이 어린 것에 대해서는 그다지 신경을 쓰지 않았다.

상대가 정말 와룡이라면 이쪽에서 굽실거려서라도 붙잡아야 마땅한 일이다.

"내 딸이 재색겸비의 황천봉추인 것은 천하가 알고 있는터, 하면, 그대의 주군이 인중지룡이라는 사실을 어떻게 증명할 텐가?"

한 걸음 더 발전했다. 주천곤의 말인즉 화운룡이 인중지룡이라는 것을 증명한다면 두 사람의 혼인을 생각해 볼 수도 있다는 뜻이다.

"제가 반딧불이면 주군께선 월광이십니다."

"과장이 심하군."

장하문의 말이 사실이라면 화운룡은 인중지룡이 아니라 용

중지천룡(龍中之天龍), 즉 용 중에서 천룡이다.

"제 짐작이지만 봉화공주께선 지니신 능력과 재능을 일 할 정도만 드러내신 것 같습니다."

"그게 무슨 말인가?"

다시 말하면, 옥봉은 지니고 있는 능력과 재능을 일 할만 드러내고서도 황궁을 놀라게 만든 황천봉추라고 불릴 정도라는 것이다.

주천곤이 옥봉에게 물었다.

"봉아, 신기서생의 말이 맞느냐?"

"틀렸어요."

"그렇지?"

주천곤의 입가에 미소가 떠올랐다.

"소녀는 지난바 능력의 일 푼 정도만 드러냈을 뿐이에요. 일 할은 너무 많아요."

"어허……"

주천곤과 실내의 사람들은 하나같이 불신의 표정으로 옥봉을 쳐다보았다.

십칠 세짜리가 겨우 일 푼의 능력을 드러내고서 황궁학사들을 기절초풍하게 만들었다니, 그걸 뉘라서 믿겠는가.

장하문이 덧붙였다.

"소생의 소견으로는 외람되오나 공주께선 소생의 스승과 맞먹는 학식과 능력을 소유하고 계실 것입니다."

탁!

"망발을 삼가라!"

도건중은 명실공이 대륙 최고의 석학이다. 그걸 잘 알고 있는 주천곤이라 아무리 자신의 딸이지만 도건중과 비교하는 것에 역정이 난 것이다.

그러나 장하문은 물러서지 않았다. 그걸 증명해야지만 화운룡의 경이로움을 증명할 수 있기 때문이다.

"스승님, 시험해 보시겠습니까?"

도건중은 자신을 깎아내리는 듯한 장하문의 말에 조금도 불쾌하지 않았다.

장하문의 말이 옳다면 그것은 의당히 기뻐할 일이지 불쾌할 일이 아니다.

도건중은 옥봉을 바라보았다.

"공주, 괜찮으시겠습니까?"

주천곤은 뻔한 결과가 나와 망신만 당할 것이라 여기고 손을 내저었다.

"도 사부, 그만두시오."

그런데 옥봉이 가볍게 고개를 끄떡였다.

"도 사부, 부탁해요."

장내에 고요한 침묵, 아니, 적막이 흘렀다.

방금 도건중과 옥봉의 문답이 끝났다.

도건중은 많은 것을 묻지 않았다.

그리고 여러 학자들이 알고 있는 통상적인 지식에 대해서는 일체 언급하지 않고 어떤 주제를 던져주고는 옥봉의 주관적인 생각을 물었다.

예를 들면 세계 속의 중화(中華)가 나아갈 길이라든지, 공자와 노자, 묵자(墨子)의 사상과 세계관 중에서 옥봉이 봤을 때 틀렸다고 생각하는 것을 지적하고 그것에 대해서 설명해 보라는 식이었다.

순전히 옥봉의 주관적인 생각을 묻는 것인데 방대한 지식을 밑바탕으로 평소 깊은 사색(思索), 고찰(考察), 탐구를 하지 않았으면 대답하지 못할 것이다.

그러나 옥봉은 거기에 대해서 장황하지 않게 핵심만을 짚어서 간단명료하게 자신의 생각을 피력했다.

그녀의 설명은 너무도 고차원적이고 깊은 것이라서 알아듣는 사람은 화운룡과 도건중 정도일 뿐이고 장하문은 절반 정도만 겨우 알아들었다.

그렇지만 주천곤은 옥봉이 자신조차도 이해하지 못할 굉장한 지식과 의견을 피력했다는 사실을 짐작했다.

그는 딸이 다른 사람처럼 보였다. 자신이 도건중과 선문답을 할 때보다 훨씬 더 높은 차원이며 한 편의 강론이었다.

주천곤으로서는 딸의 그런 모습을 처음 알게 되었다.

"어떻습니까?"

장하문이 침묵을 깨고 도건중에게 물었다.

그런데 도건중은 장하문의 말을 듣지 못한 듯 대답을 하지 않고 골똘한 생각에 잠겨 있다.

"스승님."

"으응⋯⋯."

장하문이 팔을 흔들자 도건중은 정신을 차리고 주천곤을 보며 고개를 절레절레 가로저었다.

"솔직하게 말씀드리면 공주께선 소생의 수준과 맞먹습니다. 소생과 근본적으로 궁구하시는 바가 다르지만, 앞으로 십 년만 지난다면 필시 공주께선 타의 추종을 불허할 대석학이 되실 것입니다."

"아⋯⋯."

니무 엄청난 말이라서 아무도 입을 열지 못하는데 옥봉의 어머니가 너무 놀라서 한숨 같은 탄성을 토해냈다.

주천곤은 방금 그 말이 사실이냐고 도건중에게 묻지 않았다. 석학 수준은 아니지만 자신도 꽤나 박식하다고 자부하는 터이기에 도건중의 평가가 사실이라는 것쯤은 알 수 있다.

"봉아, 어찌 된 것이냐?"

주천곤은 옥봉이 제 스스로 그런 경지에 올랐을 리가 없다고 생각했다.

옥봉이 무슨 말을 하려고 할 때 장하문이 나섰다.

"전하, 주위를 물리쳐 주십시오."

장하문은 천기누설과도 같은 화운룡과 옥봉의 관계에 대해서 이미 여러 사람들이 들었으므로 더 많은 사실을 밝히는 것을 막으려는 것이다.

                    *   *   *

주천곤은 장하문의 뜻을 받아들여 주위를 물리치는 대신 화운룡 등을 내실로 불러들였다.

내실의 태사의에는 주천곤이 앉아 있고 그 앞에는 화운룡과 옥봉, 뒤쪽에 장하문과 도건중이 서 있다.

옥봉은 옆에 서 있는 화운룡을 가리켰다.

"이 사람이 소녀를 가르쳤습니다."

"뭐어……."

"꿈속에서 이 사람은 소녀의 남편이며 스승이었습니다."

"허어……."

조금 전에 옥봉의 능력을 눈으로 보고 들었던 주천곤은 딸이 거짓말을 하는 것이라고는 생각하지 않았다.

"꿈속에서 말이냐?"

"그래요."

주천곤은 이번에는 화운룡에게 물었다.

"정말이냐?"

"그렇습니다."

주천곤은 고개를 절레절레 흔들었다.

"어떻게 그런 일이 가능하다는 말인가?"

장하문이 도건중에게 넌지시 말했다.

"사부님, 제 생각에 아마 쌍념절통인 것 같습니다."

"쌍념절통? 주역에서 말하는 그것이냐?"

"그렇습니다. 저는 쌍념절통에 이념교차(理念交差)가 얽혔다고 생각합니다."

"하아… 이념교차까지……."

도건중은 크게 깨닫는 듯한 표정을 지었다.

"그렇구나. 지금으로선 이 상황을 쌍념절통으로밖에는 설명할 수가 없겠다."

주천곤이 궁금한 듯 물었다.

"도 사부, 쌍념절통이 무엇이오?"

도건중은 자신이 알고 있는 쌍념절통의 이론에 대해서 자세히 설명했다.

도건중의 설명이 끝난 후에 장하문이 말을 받았다.

"소생의 생각으로는 공주께서는 어렸을 때부터 주군의 미래와 연결되신 것 같습니다."

"미래?"

주천곤은 쌍념절통과 이념교차에 대해서 설명을 들었지만 대충 이해를 하는 정도에 불과했다.

쌍념절통과 이념교차라는 것이 정확히 어떤 원리인지는 잘 모르겠지만, 옥봉이 화운룡의 미래와 연결이 되어 꿈속에서 그와 부부가 됐다는 것으로 알아들었다.

"그런가?"

마침내 주천곤은 고개를 끄떡였다.

화운룡이 도건중, 장하문, 더구나 옥봉까지 한패가 되어 자신을 속이려고 하는 것은 아니라고 주천곤은 판단했다.

장하문이 최후의 일침을 가했다.

"전하, 소생의 주군께서는 소생하고는 비교하는 것조차 어불성설일 정도의 천인(天人)입니다. 만약 주군께서 전하의 사위가 된다면 전하께선 친리마에 날개까지 얻으실 것입니다."

주천곤은 엷은 미소를 지으며 손을 저었다.

"나는 두 사람이 행복하기만을 바란다."

마침내 사실상 허락이 떨어졌다.

화운룡은 남몰래 한숨을 토하면서 엷은 미소를, 옥봉은 감출 수 없는 기쁨을 온 얼굴에 떠올렸다.

"황상(皇上)께 이 일을 말씀드리고 윤허가 떨어지면 길일을 잡겠다."

십절무황으로서 더 이상 경험할 것이 없을 만큼 산전수전 두루 겪은 화운룡이지만 이처럼 상황이 속전속결 진행되는 데에는 조금 당황스러웠다.

그는 옆에 서 있는 옥봉을 쳐다보았다.

머리가 자신의 배꼽에 겨우 이르는 어리고 작은 소녀지만 선천적인 미모는 감춰지지 않았다.

마침 그를 보면서 행복한 미소를 배시시 짓는 옥봉의 자태는 그녀가 십칠 세라는 사실을 망각하게 만들 정도로 대단한 것이었다.

지금으로부터 십 년 후 삼십 세의 화운룡이 그녀를 처음 만났을 때는 천봉가인(天鳳佳人)이라는 아호를 얻어 천상천하 제일미라는 미명을 날리게 되었다.

옥봉이 작은 손을 뻗어 화운룡의 솥뚜껑처럼 커다란 손을 꼭 잡았다.

'하아… 이렇게 이루어지는가?'

화운룡의 심중에서 만감이 교차했다.

화운룡은 주천곤과 단둘이 독대했다.

주천곤이 화운룡을 사위로서 받아들이는 결단을 내렸으므

로 거기에 대한 보답을 하려는 것이다.

주천곤은 처음에 화운룡이 사기꾼 같아서 몹시 싫어했지만 지금은 자신의 사위라고 인정한 상황에서 보니까 어디 한 군데 흠잡을 데 없이 완벽한 청년인 데다 보면 볼수록 그가 마음에 들었다.

그러므로 세상일이란 모두 사람의 마음에 달린 것이다. 손바닥과 손등의 차이다.

"그래, 할 말이 뭔가?"

화운룡은 공손하면서도 진지하게 입을 열었다.

"전하께선 소생이 지금부터 드리는 말씀을 반드시 믿으셔야 합니다."

주천곤은 빙그레 미소 지었다.

"전하라는 호칭은 듣기 싫군."

화운룡은 얼굴을 붉히며 고개를 숙였다.

"아버님."

주천곤은 천하에 짝을 찾기 어려울 만큼 준수한 화운룡을 바라보며 흡족하게 고개를 끄떡였다.

"그래. 말해보게."

"아버님께선 사병(私兵)을 키우고 계시죠?"

"그렇네."

황족들은 어느 누구 할 것 없이 군사, 즉 사병을 기르고 있다. 반란이나 역모가 목적이 아니라 자신의 위세를 떨치기 위한 것으로 일종의 유행 같은 것이다.

당금 대명의 황제 천순제(天順帝)에게는 자신을 비롯하여 네 명의 형제가 있으며, 그들은 왕으로서 각기 자신들의 영토에서 수만 명의 사병들을 양성하고 있다.

"얼마나 됩니까?"

"삼만일세."

주천곤은 자랑스럽게 대답했다.

"모두 강병일세."

삼만의 사병은 많은 편이 아니지만 주천곤은 자신이 애착을 갖고 키운 사병을 늘 자랑스럽게 여겼다.

"줄이십시오."

가타부타 설명도 없이 삼만 사병을 줄이라고 하자 주천곤은 슬쩍 미간을 좁혔다.

"무엇 때문인가?"

화운룡은 잠시 입을 다물었다. 이 말을 해주기로 마음먹었기 때문에 고민하지는 않았다.

단지 대화를 이끌기 위해서 약간의 틈을 두었다. 주천곤이 받아들일 자세가 됐는지 알아보는 것이다.

그는 주천곤 쪽으로 상체를 기울이고 목소리를 낮추었다.

"황상께서 올해 중추절 사흘 전날 붕어하십니다."

"......"

주천곤은 입을 크게 벌리면서 놀랐다. 그러더니 곧 눈을 한 껏 부릅뜨고 벌떡 일어서며 호통을 쳤다.

"그 무슨 망언을 지껄이느냐?"

천순제는 주천곤의 큰형이며 아버지인 선황 경태제(景泰帝)의 장남이다.

주천곤은 셋째 아우로서 큰형인 천순제를 매우 존경하고 신뢰하고 있다.

주천곤의 격노한 반응에도 화운룡은 차분했다. 그가 당황 하면 주천곤은 더 격노할 것이다.

"아버님, 소자는 천기를 말씀드리고 있습니다."

"천기라고?"

주천곤은 옥봉을 대학사 도건중과 버금가는 학식을 갖추도 록 가르친 사람이 화운룡이며, 또한 옥봉이 미래의 화운룡과 꿈속에서 부부의 연을 맺었다는 사실을 상기했다.

그러므로 화운룡은 불가사의한 인물이다. 그렇기에 그는 미 래를 알고 있을 수도 있는 것이다.

"소자가 황상을 시해하려는 것이 아니라 앞으로 일어나게 될 미래를 말씀드리는 것입니다."

주천곤의 짐작이 맞았다.

"그렇지만......"

"아버님께선 누군가 황상의 붕어를 알리면 다짜고짜 그 사람을 죽이시렵니까?"

주천곤은 지금 상황을 깨달았다. 화운룡은 일어날 일을 미리 알려주는 역할을 할 뿐이지 황제의 죽음하고는 아무런 연관이 없다.

"음! 그게 사실인가?"

화운룡은 거두절미하고 본론을 말했다.

"광덕왕(光德王)이 황상을 독살합니다."

주천곤은 자리에 앉았다가 또다시 벌떡 일어섰다.

"그 무슨……."

"아버님, 소자가 괜한 말씀을 드린 것 같습니다."

주천곤의 격동하는 반응에 화운룡이 공손히 고개를 숙이고 일어나려고 하자 주천곤은 자신의 실수를 깨닫고 급히 그의 손을 잡았다.

"여보게."

"아버님, 제가 무슨 말씀을 드릴 때마다 격노하시면 정작 중요한 의논을 드리지 못할 것입니다."

"으음… 미안하네. 사태가 너무도 엄중해서……."

주천곤은 독대를 시작할 때 화운룡이 자신의 말을 믿어야 한다고 했던 것을 떠올렸다.

또한 그는 화운룡이 거두절미하고 본론만 말하고 있다는

것을 깨달았다.

주천곤이 감정이 격해질 때마다 대화가 끊어지고 화운룡이 그를 달래느라 진땀을 빼게 할 수는 없다.

"음, 자네 말을 자르지 않겠네. 어서 말해보게."

"황상께서 붕어하시고 두 달 뒤, 광덕왕은 태자 연(延)을 암살한 이후에 황족들의 추천을 받아 황위에 오릅니다. 그게 내년 사월의 일입니다."

'그걸 자네가 어떻게 아는가?'라고 묻고 싶은 것을 주천곤은 꿀꺽 삼켰다.

화운룡은 주천곤에게 일어날 일들에 대해서만 알려주고 나서 일어날 생각이다.

주천곤은 뛰어난 지략가이고 주위에 날고 기는 쟁쟁한 인물들이 많기 때문에 사실만 알려주면 어떻게 할지는 스스로 알아서 할 것이다.

"황위에 오른 광덕왕은 제일 먼저 아버님을 반역죄로 모함하여 처형하게 됩니다."

"나를……."

경악의 연속이다.

당금 황제와 태자가 연달아 죽으면 황위 계승 일 순위는 당연히 광덕왕이다.

그런데 황위에 오른 광덕왕은 눈엣가시 같은 존재들, 즉 형제들을 가차 없이 처단한다는 것이다.

자신이 악행으로 황위를 찬탈했으므로 다른 형제들도 그럴 수 있을 것이라고 추측하는 것이다.

사 형제 중에서 남은 사람은 셋째인 정현왕 주천곤과 넷째인 문청왕(文淸王) 주기륜(朱基倫)이다.

"아버님께서 사병 십오만을 양성하는 것을 반역의 증거라고 몰아세울 겁니다."

"사병 십오만이라니? 나는 삼만뿐일세."

"마원춘(馬元春)이 배신을 합니다. 그자가 아버님의 사병이 십오만 대군이며 역모를 꾸민다고 증언을 합니다. 그러고는 아버님께서 전혀 알지 못하시는 군사들이 아버님의 사병에 포함된 상태로 누명을 쓰시게 됩니다."

"마원춘이……."

마원춘은 주천곤이 가장 총애하는 최측근으로 삼만 사병을 이끄는 대장군이며 그의 아들은 정현왕부의 총관이다. 최측근이 그를 배신한다는 것이다.

"그가……."

"그의 아들 마공결(馬公決)도 한패가 됩니다."

"으음……."

"그래서 아버님의 사병을 줄이라고 말씀드린 것입니다. 꼬투리를 잡힐 빌미를 주면 안 된다는 것이지요. 사병을 전부 없애는 것도 방법입니다."

"그렇군."

화운룡이 마치 다 보고 겪은 것처럼 너무도 일목요연하게 설명하니까 주천곤은 그의 말을 믿을 수밖에 없다.

"우리는 어떻게 되는가?"

정현왕부가 어떻게 될지 당연히 궁금할 것이다. 예상할 수 있지만 화운룡의 입으로 직접 듣고 싶었다.

화운룡은 잠시 침묵하다가 가라앉은 목소리로 대답했다.

"구족멸문당합니다."

"아아……"

주천곤은 앉아 있는 의자와 함께 깊은 나락으로 푹 꺼지는 것을 느꼈다.

화운룡은 참담한 표정을 짓고 있는 주천곤을 조용한 목소리로 일깨워주었다.

"아버님, 아직 일어나지 않은 일입니다."

"그렇지."

주천곤은 정신을 차리려고 애썼다.

화운룡은 주천곤과 줄다리기하는 것을 원하지 않았다. 두 사람은 같은 편이다.

"광덕왕은 태감(太監)을 매수했습니다. 태감이 어의(御醫)를 협박하여 황상을 독살하게 되며, 태감의 명령을 받은 동창제독(東廠提督)이 연 태자를 암살합니다."

"아아……."

거기까지 말하고 화운룡은 가만히 있었다.

주천곤은 돌덩이처럼 굳은 표정으로 화운룡을 응시했다.

"그게 전부인가?"

"광덕왕은 태무제(太武帝)에 즉위하여 폭군이 됩니다. 마지막 남은 문청왕까지 누명을 씌워 구족멸문을 시키고 채 십 년이 지나기도 전에 천하는 극도로 피폐해지고 민심은 흉흉해져서 지옥이나 다름이 없어집니다."

"으음!"

"여기까지가 요지입니다."

주천곤은 화운룡이 오래지 않아서 닥쳐올 혈겁에 대해서 할 말을 다했다는 것을 알았다.

그러므로 이제부터는 주천곤 자신이 이 엄청난 일을 해결해야만 한다.

그는 눈도 깜빡이지 않고 화운룡을 직시했다.

화운룡은 너무도 고요한 표정으로 그를 마주 바라보았다.

"내가 자네를 사위로서 받아들이지 않았다면 이런 사실을 내게 말해주었겠는가?"

화운룡은 솔직하게 대답했다.

"말씀드리지 않았을 것입니다."

"음."

주천곤은 잠시 서운한 표정을 지었지만 화운룡은 거기에 대해서 한마디도 변명하지 않았다.

그러나 주천곤은 소인배가 아니다. 그는 화운룡이 어째서 말하지 않으려고 했는지 이유를 짐작했다.

역사의 수레바퀴는 정해진 궤적을 따라서 일정하게 굴러가고 있는데 수레바퀴의 방향이 인위적으로 바뀐다면 커다란 혼란이 야기될 것이다.

그런 혼란이 일어날 것을 알면서도 화운룡이 미래를 알려주는 이유는 주천곤이 화운룡을 사위로 받아들였기 때문이다.

복잡할 것 없는 단순한 셈법이다.

주천곤이 화운룡을 사위로서 받아들였기 때문에 그로서는 장인어른을 비롯한 처갓집이 멸문지화를 당하도록 내버려 둘 수 없었다.

주천곤은 탄식처럼 중얼거렸다.

"사병을 줄이는 방법밖에 없는 것인가……?"

그것은 소나기를 피하려고 처마 밑에 몸을 감추는 지극히 소극적인 대처법이다.

화운룡에게는 몇 가지 좋은 방법들이 있는데 그는 주천곤이 고심하는 모습을 보고 마음이 흔들렸다.

"아버님."

"아!"

주천곤은 잔뜩 얼굴을 찌푸리고 있다가 움찔 놀라서 고개를 들고 애써 얼굴을 폈다.

"자네에게 어떻게 감사를 표해야 할지 모르겠네. 자네 덕분에 병이 무엇인지 알았으니까 이제 치료는 내게 맡기게."

주천곤은 어떻게 해야 할지 아직 활로가 보이지 않지만 궁리하면 방법이 있을 것이라고 생각했다.

화운룡은 진지한 표정을 지었다.

"목적이 무엇이냐에 따라서 방법이 달라질 것입니다."

"목적이 뭐가 있겠나? 광덕왕의 음모를 분쇄하고 황상을 보위하는 것이 목적이 아닌가?"

"그렇지 않습니다. 하나의 목적이 더 있습니다."

"뭐가 있다는 것인가?"

주천곤은 알 수 없다는 표정을 지었다.

"하나는 당금 황상께서 계속 보위에 계시는 것이고 또 하나는 아버님께서 황위에 오르시는 것입니다."

"……."

주천곤은 소스라치게 놀랐다.

그는 경악하여 눈과 입을 크게 벌렸지만 아까처럼 화운룡에게 호통을 치며 꾸짖지 않았다.

화운룡은 주천곤이 즉답을 하지 않는 것을 보고 이미 대답을 들은 것이나 다름이 없다는 생각이다.

그가 황위에 터럭만큼이라도 욕심이 없다면 지금처럼 다섯 호흡이 지나도록 대답을 하지 않을 이유가 없다.

광덕왕이 황제를 독살하고 연 태자를 암살한다는 미래를 알지 못했으면 그런 욕심이 생기지 않을 것이다.

그러나 알게 된 이상 주천곤은 역사의 수레바퀴의 방향을 살짝 틀어서 거기에 올라타고 싶어졌다.

화운룡은 시간을 허비하는 쓸데없는 말이나 예의상 하는 말을 하지 못한다.

그는 주천곤이 황위에 오르는 방법을 가르쳐 주었다.

"구문제독(九門提督)을 아버님의 사람으로 만드십시오."

"구문제독을?"

주천곤은 황위가 탐난다는 말을 하지 않았고 화운룡은 구태여 그것에 대해서 더 묻지 않았다.

그렇지만 두 사람의 대화는 이어졌다.

구문제독은 자금성을 비롯한 북경의 아홉 개의 성문 안팎을 관장하는 대장군이다.

"그 후 황상이 붕어하시고 연 태자가 암살당하기를 기다렸다가 그 즉시 태감과 동창제독을 제압하여 문초하십시오."

"음, 그 둘을……."

"그들이 실토를 하면 즉각 광덕왕을 잡아들여서 처형하시면 됩니다."

주천곤의 표정이 비장해졌다.

"명심하실 것은 반드시 광덕왕의 구족을 멸해야 한다는 것입니다."

"구족을……."

잠시가 지나서 주천곤은 마른침을 삼켰다.

광덕왕은 황위에 올라서 주천곤의 구족을 몰살시킨다고 한다. 그러므로 그의 구족을 멸하는 것은 당연하다.

"솔직하게 대답해 주게."

"말씀하십시오."

"목적이 두 개라고 했는데… 어느 쪽 방법이 더 어려운가?"

"둘 다 여반장(如反掌) 같습니다."

둘 다 손바닥을 뒤집는 것처럼 쉽다는 뜻이다. 그러므로 주천곤의 결정만 남았다.

"자네는 내가 어떻게 했으면 좋겠나?"

화운룡은 훈훈한 미소를 지었다.

"지금 아버님께서 생각하고 계시는 목적이 좋습니다."

"황위를 말인가?"

주천곤은 내심을 감추지 않았다. 화운룡이 자신의 내심을 간파했다고 생각하기 때문이다.

"그렇습니다."

하지만 화운룡은 주천곤이, 아니, 장인이 황위를 탐내지 말고 그냥 이대로 살기를 원하고 있다.

그렇지만 주천곤의 내심에 탐욕이 싹텄기 때문에 화운룡이 거기에 반발하거나 충고하는 것은 좋지 않다.

한번 생긴 탐욕이란 괴물은 절대로 쉽게 지워지지 않는 법이다. 그것을 화운룡이 반대한다면 주천곤은 죽을 때까지 두고두고 그를 원망할 것이다.

주천곤이 악인이라서가 아니다. 세상의 이치가 그렇고 인간의 본성이 원래 그렇기 때문이다.

주천곤의 목소리가 더욱 진지해졌다.

"황상께서 계속 보위에 계시는 것을 전제로 할 때의 예방책도 가르쳐 주게."

"중추절 전에 광덕왕과 태감, 동창제독을 모두 제압하여 문초를 하시면 됩니다."

"아……"

화운룡은 손가락 하나를 세웠다.

"명심하실 것은 세 사람을 같은 장소에서 동시에 문초하되 먼저 실토하는 자를 살려준다고 하십시오."

"오… 그렇군."

주천곤은 환한 표정으로 고개를 끄떡였다가 물었다.

"먼저 실토하는 자를 정말 살려줘야 하는가?"

화운룡은 빙그레 미소 지었다.

"당연히 죽여야지요."

"그렇겠지?"

주천곤도 따라서 미소 지었다.

그는 새로 얻은 사위가 목숨보다 더 소중해졌다.

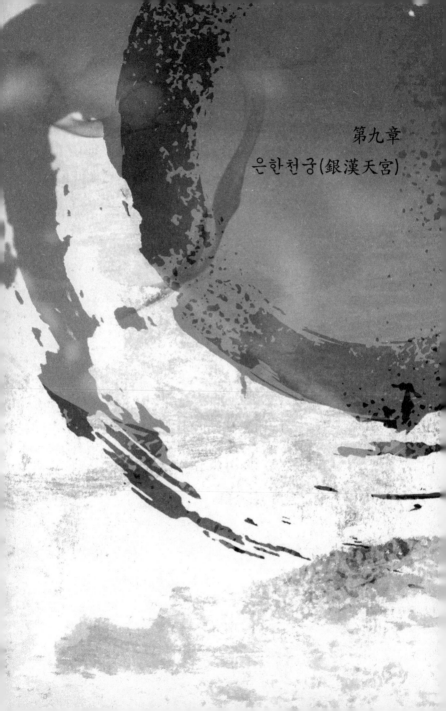

第九章
은한천궁(銀漢天宮)

다각다각…….

말을 탄 사람들의 행렬이 남쪽으로 향하고 있었다.

선두에는 두 필의 말이 나란히 가는데 마상에는 흑의와 청의 단삼 차림의 두 명의 중년인이 앉아 있었다.

그 뒤에 눈처럼 흰 백마가 따르고 있으며 마상에는 화운룡과 옥봉 두 사람이 탔다.

옥봉이 앞에 앉고 뒤에 앉은 화운룡이 고삐를 잡고 있으며, 옥봉은 뭐가 그리 즐거운지 한시도 입을 쉬지 않고 참새처럼 재잘거렸다.

화운룡은 흐뭇한 미소를 지은 채 옥봉의 말에 귀 기울이다가 가끔 고개를 끄떡이며 응대를 해주었다.

두 사람 뒤에는 흑마에 앉은 장하문이 따르고 있으며, 그는 화운룡 이상으로 흡족하여 미소를 감추지 못했다.

화운룡이 평생 짝사랑하던 옥봉을 아내로 얻을 수 있는 확답을 정현왕 주천곤에게 받았으니 군사인 장하문으로서 이보다 기쁜 일은 없다.

더구나 지금 일행은 산동성 제남으로 향하고 있는 중이었다.

제남에는 장하문의 연인 백진정이 있다.

화운룡은 북경으로 가는 길에 제남에 먼저 들르자고 했지만 장하문이 완곡하게 반대했다.

먼저 화운룡의 일을 원만하게 해결한 다음에 백진정을 만나는 것이 순서라는 것이다.

이제 화운룡과 옥봉의 일이 기대했던 것 이상으로 해결되었으므로 장하문은 기쁜 마음으로 백진정을 만나러 갈 수가 있게 되었다.

장하문 뒤에는 두 필의 말이 따르고 있으며 마상에는 경장 차림의 일남일녀가 앉아 있다.

선두와 뒤쪽의 삼남일녀는 주천곤이 외동딸 옥봉을 호위하라고 보낸 정현왕부의 일류고수들이다.

원래 공주의 행차라면 수백 명의 군사와 호위고수, 시녀들, 그리고 수십 대의 마차 행렬이 옹위해야 하지만 옥봉이 완곡하게 반대를 했다.

화운룡하고의 호젓한 유람이 방해를 받는 것이 싫었고, 그녀는 원래 그런 것을 좋아하지 않았다.

"꿈을 꾸는 것만 같아요."

옥봉은 화운룡의 너른 가슴에 기대서 행복이 넘치는 표정으로 말했다.

그녀의 말뜻은 너무 행복해서 꿈을 꾸는 것 같은 것이 아니라 그녀가 꿈속에서 화운룡과 다정하게 생활하는 것의 연장 같다는 뜻이다.

그녀는 몸을 틀어 화운룡의 얼굴을 올려다보았다.

"용공은 어떠세요? 기뻐요?"

"내 소원이 이루어졌소."

"소녀를 얻는 것이 소원이었나요?"

"그렇소."

옥봉은 예쁘게 고개를 갸웃거렸다.

"소녀와 함께 꿈을 꾼 것을 알지도 못하시면서 어떻게 소녀를 얻는 것이 소원이었는지 모르겠어요."

화운룡은 빙그레 미소 지었다.

"그대가 꿈속에서 나와 함께 수십 년을 살았던 것처럼 나는 다른 꿈속에서 그대와 수십 년을 지냈었소."

옥봉은 눈을 동그랗게 떴다.

"그런가요?"

화운룡은 씁쓸한 표정을 지었다.

"그렇지만 내 꿈속에서는 그대를 얻지 못하고 평생 먼발치에서 바라보기만 했었소."

"그럴 리가……"

"그런데 이렇게 그대를 얻었으니 나는 이번 생에서는 더 이상 원이 없소."

옥봉은 믿어지지 않는 표정을 지었다.

"설마 용공의 평생소원이 소녀를 얻는 것 하나뿐이었나요?"

"그렇소."

"아아……"

"그대는 나의 천하요."

옥봉은 너무 기쁘고 감격해서 커다란 두 눈에 눈물이 가득 차올랐다.

"다행이에요."

그녀는 화운룡의 고삐를 잡지 않은 손을 만지작거렸다.

"그렇지만 용공께선 여전히 소녀에게 하대를 하지 않으시는군요. 소녀를 사랑하신다면 이름을 부르고 하대를 해주셔야만 해요."

"봉애는 나를 사랑하오?"

"그걸 말씀이라고 하시나요?"

화운룡은 옥봉이 꿈속에서 수십 년 동안이나 자신과 같이 살았다는 것을 논리적으로는 이해를 하지만 현실적으로는 영 어색했다.

"소녀는 현실 나이로는 열두 살 때이고 꿈속에서는 용공을 만난 지 십오 년 만에 처음으로 사랑한다고 말씀드렸어요."

현실 나이 열두 살에 꿈속에서 십오 년이면 합해서 옥봉이 이십칠 세 때다.

옥봉은 문득 씁쓸한 표정으로 말했다.

"그때 소녀가 용공께 여쭈었어요. 이제 소녀와 혼인하실 거냐고요. 꿈속에서 말이에요."

"아……."

화운룡은 나직한 탄성을 흘렸다.

그는 지난 오십사 년 동안 늘 궁금했었다. 오십사 년 전에 처음 옥봉을 만났을 때 그녀가 뭐라고 했기에 그가 '아니오'라고 대답했는지 말이다.

오십사 년 동안 그녀가 뭐라고 말했는지 도무지 기억이 나지 않았다.

그 의문이 방금 풀렸다. 그때 현실에서 이십칠 세의 옥봉은 처음 보는 그에게 대뜸 물었다. '소녀와 혼인하실 건가요?'라고 말이다.

그래서 그는 '아니오'라고 대답했던 것이다.

그때 그는 처음 만난 옥봉의 미모에 흠뻑 반하기는 했지만 혼인할 거냐는 당돌한 물음에는 크게 당황해서 '아니오'라고 어눌하게 대답했다.

그때 옥봉이 무엇을 물었는지도 기억하지 못하는 상태에서 그는 어째서 자신이 그따위 이상한 대답을 했었는지 두고두고 후회스러웠다.

옥봉이 미소 지으며 말했다.

"그때 용공께서 뭐라고 대답했는지 아세요?"

"아니오, 라고 했소."

옥봉은 깜짝 놀라서 몸을 틀어 그를 바라보았다.

"어… 떻게 아시죠?"

"아마 그때는 나도 같은 꿈을 꾸었나 보오."

그는 흐뭇한 미소를 지었다.

"그 꿈속에서 그대는 이십칠 세였소."

옥봉은 눈물이 마르지도 않은 눈을 반짝거리며 흥미 있는 표정을 지었다.

"이십칠 세의 소녀 모습은 어땠나요?"

"쳐다볼 수가 없었소."

"왜… 그렇죠?"

"쳐다보면 눈이 부셔서 장님이 될 것 같았기 때문이오."

"용공께선 정말 말씀도 잘하셔요."

옥봉은 행복하게 배시시 미소 지었다.

"지금은 어떤 생각이신가요?"

"아버님께서 날을 잡으시면 혼인하겠소."

옥봉은 입술을 삐죽거렸다.

"소녀의 속을 그렇게 애타게 하시더니."

"하하하!"

뒤돌아보면서 눈을 하얗게 흘기며 입술을 삐죽거리는 옥봉의 모습이 얼마나 예쁘고 귀여운지 화운룡은 고개를 젖히고 호방한 웃음을 터뜨렸다.

이럴 때 그녀는 구미호가 분명했다.

"소녀를 사랑하시나요?"

"알면서 뭘 물으시오?"

"사랑하신다면서 어이해 여전히 소녀의 이름을 부르지 않으시는 건가요?"

화운룡은 옥봉이 너무 사랑스러워서 그녀의 머리를 부드럽게 쓰다듬었다.

"봉애, 사랑한다."

옥봉은 몸을 옆으로 틀어 두 팔로 화운룡의 허리를 꼭 안고 그의 가슴에 뺨을 묻었다.

"소녀는 용공뿐이에요."

정오가 지나서 화운룡 일행은 점심 식사를 한 주루를 출발하여 남쪽 제남으로 향했다.

화운룡과 옥봉, 장하문과 네 명의 호위고수들은 빠르지 않은 일정한 속도로 관도를 나아갔다.

마상의 옥봉은 화운룡 품에 안겨서 눈을 감고 있으며 그는 햇빛을 가리느라 방갓으로 그녀 얼굴 위에 그늘을 만들었다.

다각다각…….

일행은 조용히 따사로운 봄날의 양광 아래를 걸어갔다.

꾸아악—

그때 적막을 깨고 일행의 머리 위에서 괴이한 소리가 들렸다.

앞선 두 명의 호위고수와 뒤따르는 두 명의 호위고수가 일제히 머리 위 하늘을 올려다보았다.

새파란 하늘 높은 곳에는 한 마리 새가 큰 원을 그리면서 선회비행을 하고 있다.

뒤쪽의 여고수가 품속에서 작은 방울을 꺼내 흔들었다.

딸랑딸랑…….

꾸아악!

그러자 새가 갑자기 급강하하여 여고수에게 쏘아 내렸다.

여고수가 재빨리 가죽을 왼팔에 두르고 내밀자 새가 억센 발톱으로 왼팔을 움켜잡듯이 날아 내렸다.

새는 갈색의 매였다.

여고수는 매의 발목에 묶여 있는 흑색 대롱을 떼어내서 뚜껑을 열고 속에서 돌돌 말린 종이를 꺼냈다.

그녀는 종이에 적힌 깨알 같은 글을 읽더니 얼굴에 놀라움이 가득 떠올랐다.

여고수가 옆에서 지켜보고 있는 동료 남고수를 보면서 입술을 달싹거리며 전음을 보냈다.

남고수의 얼굴에 커다란 놀라움이 떠오르더니 여고수 손에서 종이를 건네받아서 빠르게 읽었다.

남고수, 즉 정현사위(正弦四衛)라는 이름의 네 명의 호위고수들의 우두머리인 정충사(鄭忠査)는 잠시 굳은 얼굴로 골똘하게 생각에 잠겼다.

이어서 삼 장 앞쪽의 선두를 가고 있는 두 명의 호위고수에게 전음을 보냈다.

선두 두 명의 호위고수는 힐끗 뒤돌아보더니 그중 한 명이 관도 가장자리로 비켜나서 말을 멈추었다가 후미 호위고수들과 합류했다.

잠시 후에 후미의 세 명 중에 여고수를 남겨두고 두 명의 호위고수가 그 자리에 멈추었다.

정지한 두 명의 호위고수는 행렬이 점점 멀어지는 것을 묵묵히 지켜보았다.

그러다가 행렬이 작은 점으로 보이게 되자 말 머리를 돌려서 왔던 방향으로 달리기 시작했다.

우두두둑!

장하문은 그 모든 상황을 지켜보았지만 무슨 일이냐고 호위고수들에게 묻지 않았다.

정현사위 네 명의 호위고수가 두 명으로 줄었으나 화운룡은 그 사실을 모르는 듯 옥봉에게만 신경을 썼다.

*   *   *

다루에서 잠깐 쉬어갈 때 장하문은 아까 매를 팔에 받았던 여고수에게 다가갔다.

"무슨 일이 있소?"

밖에서 경계를 서고 있는 여고수는 다루 창가에 앉아서 차를 마시고 있는 화운룡과 옥봉을 쳐다보고는 고개를 가로저었다.

"별일 아닙니다."

장하문은 완고한 표정을 지었다.

"주군께 말씀드리지 않겠소."

여고수는 잠시 갈등하는 것 같더니 이윽고 심각한 얼굴로 입을 열었다.

"왕부가 습격을 받았습니다."

장하문은 움찔 놀랐다. 왕부라는 것은 정현왕부를 말한다.

"정현왕께선 어떻게 되셨소?"

여고수의 얼굴이 비참하게 일그러졌다.

"왕부를 버리고 도주하셨답니다."

"저런……."

"누가 왕부를 습격했소?"

"광덕왕입니다."

장하문은 아연실색했다. 광덕왕이라면 당금 황제의 바로 아래 둘째 아우이며 옥봉의 부친인 정현왕 주천곤의 형이다. 그가 정현왕부를 습격했다는 것이다.

장하문은 화운룡이 주천곤과 독대하여 긴밀하게 나눈 대화의 내용을 모르고 있었다.

하지만 화운룡이 주천곤과 독대를 했다는 사실은 알고 있다. 그래서 어쩌면 화운룡과 주천곤이 나눈 대화의 내용과 광덕왕이 갑자기 정현왕부를 습격한 일이 연관이 있는 것이 아닌가 하는 짐작이 들었다.

'새나갔다.'

장하문은 화운룡과 주천곤이 나눈 대화 내용이 광덕왕에 대한 것이고, 그것이 외부, 즉 광덕왕 귀에 들어갔을 것이라고 추측했다.

장하문은 긴박한 표정을 지었다.

"정현왕께선 어디로 도주하시는 거요?"

여고수는 착잡하게 고개를 가로저었다.

"모르겠습니다. 단지 남하하고 계시다는 정도만……."

정현왕은 북경 외 지역에 여러 채의 장원을 갖고 있지만 그 위치를 광덕왕이 다 알고 있을 것이다.

그렇다면 정현왕은 현재 마땅히 갈 곳이 없는 상황이다.

"전하께 태주로 오시라고 전하시오."

여고수는 의아한 표정을 지었다.

"광덕왕은 정현왕께서 어디로 가실지 다 짐작하고 있을 것이오. 그러니까 전하께선 광덕왕이 모르는 곳으로 피신을 하셔야 하오."

"그렇지요."

"전하께선 무조건 우리와 합류하셔야 하오."

여고수는 생각을 하는지 눈을 깜빡거렸다.

"결정은 전하께서 하실 테니까 그대는 내 말을 전하께 전하기만 하시오. 지금 당장."

장하문은 여고수가 망설이는 것을 보고 엄한 표정을 지었다.

"만약 전하께 변고라도 생긴다면 천추의 한을 남기게 되오. 그래도 괜찮겠소?"

여고수는 저만치에 서서 이쪽을 쳐다보고 있는 다른 한 명의 고수를 쳐다보았다.

그쪽의 남고수가 보일 듯 말 듯 고개를 끄떡이자 여고수도 고개를 끄떡였다.

"알겠습니다. 지금 즉시 연락하겠습니다."

장하문은 다루로 들어가면서 기회를 봐서 이 사실을 화운룡에게 알려야겠다고 생각했다.

화운룡에게는 말하지 않겠다고 여고수에게 말했지만 이건 그냥 넘어갈 사안이 아니었다.

*   *   *

저녁 무렵. 화운룡 일행은 장하문의 연인 백진정의 가문인 은한천궁에 도착했다.

장하문이 은한천궁 전문을 지키는 호문무사에게 자신의 신분을 밝히고 백진정을 만나러 왔다고 했더니 일각 후에 그녀가 서둘러 나왔다.

"장 사형!"

전문 옆의 작은 쪽문이 열리면서 무지개색 홍예(紅霓) 경장 차림에 어깨에 쌍검을 멘 여인이 반가운 표정으로 달려 나오며 외쳤다.

"정 사매."

백진정은 한달음에 장하문 앞에 이르렀지만 주위에 여러 사람이 서 있는 것을 보고는 머뭇거렸다.

장하문은 그녀의 손을 덥석 잡으며 반가움을 감추지 못했다.

"그동안 잘 있었어?"

백진정의 얼굴에도 반가움이 파도처럼 넘실거렸다.

"네, 사형."

장하문과 백진정은 무당파 속가제자로서 같은 사부 아래에서 동문수학을 했었다.

장하문은 백진정의 손을 놓고 백마 아래에 옥봉과 나란히 서 있는 화운룡을 공손히 소개했다.

"사매, 인사드려라. 사형의 주군이시다."

"아······."

백진정은 크게 놀랐다가 곧 포권지례를 하며 공손히 고개를 숙였다.

"백진정이에요."

"화운룡이오."

화운룡 일행은 백진정의 거처인 후원의 홍예당(紅霓堂)으로 안내되었다.

원래 장하문은 백진정의 부친 백청명에게 인사를 하려고 했으나 은한천궁의 상황이 여의치 않았다.

화운룡과 장하문은 은한천궁 내에 감도는 긴장감과 뒤숭숭한 분위기를 감지했다.

화운룡은 탁자에 옥봉과 나란히 앉아 있으며 그들의 뒤쪽에 남고수 창천(漲天)과 여고수 보진(寶進)이 우뚝 서 있었다.

장하문은 백진정과 선 채로 대화를 나누고 있었다.

"사매, 은한천궁에 무슨 일이 있는 것인가?"

백진정은 우울한 표정을 지었다.

"사형은 본 궁이 좋지 않은 상황일 때 왔어요."

무공광인 백진정의 부친 백청명은 이 년 전에 은밀하게 만공상판(萬功商判)이라는 인물을 만났다.

만공상판은 별호에서 알 수 있듯이 수많은 무공 비급을 보유하고 있는 인물이다.

그의 별호에 상(商) 자가 있는 것은 자신이 보유하고 있는 무공 비급으로 장사를 하기 때문이다.

백청명은 자신의 현재 무공 실력에 만족하지 못하고 만공상판에게서 절정의 검법비급 한 권을 구매했다.

명숙절학의 하나로서 신영진검(神影震劍)이라는 검법이다.

원래 명숙절학은 검법과 도법, 창법, 장법 등 모든 무기와 맨손을 사용하는 전체 무공 중에서 가장 뛰어난 삼백여 종류를 가리킨다.

그중에서 검법이 제일 많아서 백이십 개쯤 되는데 아쉽게

도 백청명의 성명검법인 은한질풍검(銀漢疾風劍)은 명숙절학에
속하지 못했다.

그래서 그는 평소에 은한질풍검을 능가하는 독문검법을 창
안하느라 부단히 노력했다.

그렇지만 새로운 무공의 창안이라는 것이 말처럼 쉽지 않
아서 이십여 년 전부터 시작한 새로운 검법의 창안이 이날까
지 별다른 진전이 없자 결국 유혹을 이기지 못하고 만공상판
을 찾아간 것이다.

그런데 만공상판에게 무공을 사는 대가는 매우 특이하다.

만공상판이 제시하는 시일 안에 그에게서 받은 무공을 십
성까지 완벽하게 터득하지 못하면, 판매한 무공은 물론이고
자신의 성명무공까지 내놓아야 한다.

그뿐만이 아니라 성명무공을 죽을 때까지 자신은 물론이고
가문의 어느 누구도 사용할 수 없다. 그리고 그가 요구하는
액수만큼의 돈을 지불해야만 한다.

만약 성명무공을 내놓지 않고 요구하는 금액을 내놓지도
않는다면 목숨으로 대신해야만 한다.

그 반대로 그가 준 무공을 완벽하게 터득하면 돈을 지불하
지 않아도 되며 그에게서 받은 무공 비급을 가져도 된다.

즉, 그 무공을 자신의 성명무공으로 사용해도 되는데 그만
큼 아무런 하자가 없는 깨끗한 무공이라는 것이다.

그런데 문제는 백청명이 만공상판에게서 받은 신영진검을 그가 제시한 이 년 안에 십 성까지 완벽하게 터득하지 못했다는 데 있다.

백진정의 설명을 다 듣고 난 장하문은 미간을 잔뜩 좁혔다.

"음! 아버님께서 저승사자에게 잘못 걸려들었군."

백진정은 울상을 지었다.

"만공상판이 내일 정오에 본궁에 찾아온다는데 이를 어쩌면 좋아요, 사형?"

"내일 정오가 기한인가?"

"네."

백진정은 착잡하게 말했다.

"아버지께선 그 사실을 아무에게도 말씀하지 않으시고 지난 이 년 동안 반년씩 세 번이나 폐관을 하셨어요. 그런데도 신영진검이라는 것을 완벽하게 터득하지 못하고 기한이 다가오자 결국 가족들에게 털어놓으신 거예요."

"만공상판이 요구한 액수가 얼마지?"

만공상판은 엄청난 액수를 요구하는 것으로 유명하다. 그렇지만 그에게 무공을 구매하고서 완벽하게 터득하지 못한 사람들은 어떻게든 돈을 마련할 수밖에 없다.

"황금 십만 냥이에요."

"음……."

장하문은 신음 소리를 냈다.

금 한 냥에 은자 삼십 냥이기 때문에 금 십만 냥이라면 은자 삼백만 냥이라는 얘기다.

실로 어마어마한 액수이며 그런 거액이 은한천궁 같은 무가에 있을 턱이 없다.

장하문은 어떻게 하면 좋을지 고민했다. 연인 백진정의 일은 곧 그의 일이다.

"사형, 어쩌면 좋아요?"

급기야 백진정은 눈물을 흘렸다.

현재 그녀가 기댈 사람은 장하문밖에 없다.

부친은 만공상판이 오면 기한을 연기해 달라고 사정을 해보겠다는데 씨도 먹히지 않을 얘기다.

만공상판은 무림에서 악명이 자자하다. 그는 용서라고는 모르는 인물이라서 그에게 목숨을 뺏기거나 거액을 헌납한 자들이 부지기수다. 여북하면 저승사자라고 불리겠는가.

현재 한 가지 해결책은 있기는 하다. 화운룡이 돈을 빌려주는 것이다.

해남상단이 그동안 착실하게 모은 돈을 탈탈 털면 은자 삼백만 냥을 만들 수 있을 것이다.

아니면 옥봉이 부친에게 전갈을 보내서 은자 삼백만 냥을 보내라는 방법도 있다. 물론 옥봉은 부친에게 무슨 변고가 생겠는지 모른다.

하지만 장하문은 자신의 연인의 가문을 위해서 화운룡에게 그런 부탁을 할 엄두가 나지 않았다.

천재인 장하문이 보기에도 이 일은 돈 말고는 해결할 방법이 없을 것 같았다.

고심을 거듭하던 장하문은 결국 착잡한 표정으로 화운룡에게 도움을 청했다.

"주군, 어찌하면 좋겠습니까?"

화운룡은 가볍게 고개를 끄떡였다.

"우선 백 궁주를 만나보자."

백진정은 연인 장하문이 신기서생이라고 불릴 정도로 당금 무림 최고의 귀재라는 사실을 잘 알고 있으며 그걸 대단한 자랑으로 여기고 있다.

그런 장하문이 화운룡에게 도움을 청하자 백진정은 새삼스러운 시선으로 그를 바라보았다.

장하문이 도움을 청하는 사람이라면 화운룡이 그보다 더 뛰어나다는 뜻이기 때문이다.

화운룡은 골똘히 생각에 잠겼다.

'내가 아는 한 육십사 년 전에 백청명은 만공상판의 무공을 사지 않았다.'

천하무림의 일통을 하는 과정에서 수하가 되라는 화운룡의 요구를 거절한 백청명은 일대일 대결을 원했고 결국 패해서 죽임을 당했다.

그때 백청명이 사용했던 검법은 가문의 은한질풍검이었지 만공상판에게 산 신영진검이 아니었다.

그 당시 화운룡과의 대결에서 궁지에 몰린 백청명은 끝까지 은한질풍검만을 전개했었다. 만약 신영진검을 배웠다면 그걸 사용하지 않았을 리가 없다.

그런데 현실에서는 백청명이 만공상판에게 신영진검을 샀다가 그것을 터득하지 못해서 난관에 봉착한 상황이다.

'어찌 된 것인가? 내가 한 몇 가지 일 때문에 정말 역사의 수레바퀴가 방향을 바꾸기라도 한 것인가?'

화운룡은 그런 생각을 떨치지 못했다.

백진정이 보기에 부친은 지나친 걱정 때문에 며칠 사이에 얼굴이 반쪽이 됐다.

장하문과 백청명은 익히 아는 사이지만 백청명은 장하문의 인사를 건성으로 받았다.

"왔는가?"

평소에 백청명은 장하문을 몹시 좋아했고 사위로서 대우했다. 상황이 상황인 만큼 장하문도 번거로운 예절을 피하고 화운룡부터 소개했다.

"아버님, 소생의 주군이십니다."

장하문은 화운룡이 이 난제를 풀어줄 것이라고 믿었다.

"처음 뵙습니다. 화운룡입니다."

"아… 반갑네."

화운룡이 포권을 하며 고개를 숙이자 백청명은 가볍게 고개를 끄떡여 보였다.

사위가 될 장하문이 주군으로 모시는 인물이라는데도 백청명은 거기까지 생각할 겨를이 없는 모양이다.

그저 화운룡이 젊은 것만 보고는 대수롭지 않은 인물이라고 생각했다.

"실례지만 신영진검 검보(劍譜)를 볼 수 있습니까?"

화운룡이 다짜고짜 요구하자 백청명은 노골적으로 불쾌한 표정을 지었다.

"그걸 왜 보자는 겐가?"

그것 때문에 지금 성명무공을 뺏기거나 황금 십만 냥을 내놓지 못하면 목숨이 날아갈 판국이라서 백청명은 신경이 날카로웠다.

장하문이 공손히 설명했다.

"진본(眞本)이 맞는지 확인하시려는 것입니다."

"진본?"

백청명은 눈을 크게 떴다. 신영진검의 진위 여부에 대해서는 한 번도 생각해 본 적이 없었기 때문에 진본이라는 말에 귀가 번쩍 뜨였다.

이것은 전혀 또 다른 접근 방식이다. 만에 하나 신영진검 검보가 가짜라면 백청명이 처해 있는 최악의 위기 상황이 즉시 해결될 것이다.

그뿐만 아니라 외려 만공상판을 궁지에 몰아넣을 수가 있다.

그리고 보니까 백청명이 지난 이 년 동안 반년씩 세 번이나 폐관을 해서도 십 성까지 터득하지 못했다면 검보가 가짜일 확률을 전혀 배제할 수 없다.

"자… 자네가 진위를 가릴 수 있나?"

백청명은 못 미더워하면서도 간절한 열망이 어린 표정으로 화운룡을 바라보았다.

"할 수 있을 것입니다."

백청명의 얼굴에 한줄기 희망이 떠올랐다.

"그… 그렇다는 말이지?"

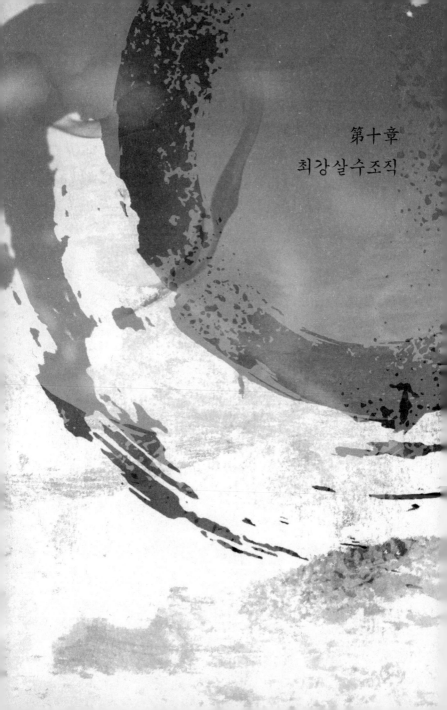

第十章
최강살수조직

　백청명은 부리나케 자신의 연공실로 달려가서 직접 신영진 검 검보를 들고 왔다.

　"여기 있네. 어디 조용한 장소가 필요하겠지?"

　"괜찮습니다."

　화운룡은 탁자 앞의 의자에 앉은 채 너덜너덜해진 검보를 한 장씩 넘기면서 살펴보기 시작했다.

　화운룡 옆에는 옥봉이 차분하게 앉아 있으며 그 뒤에는 호위고수 창천과 보진이 서 있다.

　앞쪽에 장하문과 백진정, 백청명이 나란히 서서 긴장한 얼굴로 화운룡을 지켜보고 있으며, 백청명 얼굴에는 노골적으로 못 미더운 기색이 역력했다.

팔락팔락…….

의구심은 점점 더해갔다. 화운룡이 그냥 책장을 무심히 넘기는 수준으로 검보를 읽고 있기 때문이다.

백청명이 눈살을 찌푸리면서 보고 있다가 더 이상 참지 못하고 뭐라고 한마디 하려는데 장하문이 그의 팔을 잡고 전음을 보냈다.

[기다리십시오.]

[저걸 보고서도 기다리라는 건가?]

[주군께선 자세히 살피고 계시는 중입니다.]

장하문이 그렇게 말해도 백청명 귀에는 들리지 않았다. 백청명은 한 가닥 기대마저 산산이 부서지는 것을 느끼고 오만상을 찌푸리며 고함을 쳤다.

"그만두게!"

탁!

그때 화운룡이 검보를 덮었다.

그래서 사람들은 그가 백청명의 말을 듣고 검보를 그만 읽는 것이라고 생각했다.

하지만 화운룡은 검보를 처음부터 끝까지 빼놓지 않고 다 읽었다.

백청명은 기분이 최악으로 나빠졌다. 그렇지 않아도 내일 정오에 만공상판이 오면 은한천궁이 봉문을 할 상황이 벌어질 텐데 별 시답잖은 젊은 놈에게 잠시라도 희망을 걸었다는 사실이 치욕스러웠다.

"가짜입니다."

"……."

그런데 화운룡이 덮은 검보를 손가락으로 가볍게 두드리며 조용히 말하자 모두의 표정이 홱 변했다.

옥봉은 방그레 미소 지었고, 장하문은 기쁜 표정을 지었다.

그렇지만 백진정은 자신의 귀를 의심하는 얼굴이고, 백청명은 무슨 헛소리냐는 표정이다.

화운룡은 사람들의 반응에는 관심이 없다는 듯 검보를 가볍게 두드렸다.

"이것은 필사본입니다."

장하문이 반색했다.

"그렇습니까?"

그는 당연히 화운룡의 말을 전적으로 믿었다.

"진본을 옮겨 적는 과정에 군데군데 일부러 오기(誤記)를 했네. 그래서 십 성까지 터득하지 못하게 한 거지."

"그랬군요."

그 말에 백청명의 귀가 솔깃했다. 그는 방금 전까지 자신이 어떤 심정이었는지를 벌써 망각했다. 원래 사람의 귀는 듣고 싶은 것만 듣는 법이다.

"그게 정말인가?"

화운룡은 검보를 내밀어 보였다.

"이걸 제대로 완벽하게 연마한다면 칠 성까지가 최대치입니다. 일부러 잘못 기록한 것 때문에 나머지 삼 성을 터득하지 못하는 거지요."

백청명은 거의 고함을 질렀다.

"그, 그래! 내가 바로 칠 성까지 터득했네!"

화운룡은 고개를 끄떡였다.

"그러셨다면 완벽하게 터득하신 겁니다."

"그럼……"

"만공상판이 백 궁주께 사기를 친 것입니다."

"그런가?"

백청명은 마음 같아서는 덜컥 믿고 싶지만 아직도 반신반의하는 마음이 남아 있었다.

그러자 화운룡이 그의 앙금을 깨끗이 씻어주었다.

"내일 만공상판이 오면 내가 알아서 처리하겠습니다."

"자네가……"

원래 백청명이 장하문의 주군에게 하대를 하면 안 되지만 화운룡은 사소한 일은 문제 삼지 않았다.

문득 백청명은 심각한 표정을 지었다.

"만공상판은 백무신(百武神)의 한 명일세. 그리고 그는 상
판(商判)을 할 때는 음양쌍도(陰陽雙刀)를 데리고 다니네. 그
들을 어쩌려는가?"

백청명은 어느덧 화운룡에게 자신의 생사를 떠맡기는 신세
가 돼버렸다.

그러는 것 말고 그로선 달리 뾰족한 방법이 없으니 화운룡
이 유일한 희망이다.

백무신이란 당금 무림의 각 방면에서 가장 고강한 절정고
수 백 명을 가리키는 말이다.

또한 '상판'이란 만공상판이 자신이 판매한 무공에 대한 최
후의 판결을 내리는 걸 말한다.

말하자면 자신이 내준 무공을 상대가 완벽하게 터득했는지
를 판가름하는 것이다.

"만약 돈이 필요하게 되는 경우가 되면 은자 십백만 냥 정
도는 내가 조달해서 대신 내드릴 수 있습니다. 그러나 그런 상
황까지는 가지 않을 거라고 생각합니다."

"……."

백청명과 백진정은 눈을 커다랗게 뜨고 경악했다.

화운룡 말대로라면 걱정할 게 없다. 그가 신영진검 검보의

진위를 밝혀내지 못할 경우에는 돈을 대준다니까 어느 쪽으로든 해결이 될 것이다.

"하아……."

백청명은 그제야 긴 한숨을 내쉬었다.

＊　　　　＊　　　　＊

백청명은 위험이 어느 정도 사라졌다고 판단하자 정신도 차분하게 돌아왔다.

"아까는 내가 결례를 했소. 용서하시오."

간소한 술자리가 마련되고 나서 딸 백진정에게 지적을 받은 백청명은 뒤늦게 자신의 실수를 깨닫고 화운룡에게 정중히 사과했다.

십절무황 화운룡이 백청명을 죽인 시기는 지금부터 십사 년 후이고 그때 백청명은 백무신의 반열에 오를 정도의 절정 고수였었다.

"괜찮습니다. 개의치 마십시오."

"내 술 받으시오."

백청명은 원래 호호탕탕한 인물이다. 솔직하다 못해 직선적이라서 친구도 많지만 적도 많다.

화운룡은 백청명 같은 인물을 좋아한다. 미래의 일이지만,

십절무황을 향해 질주하던 화운룡이 그에게 수하가 될 것인가 적이 될 것인가를 물었을 때 그는 수하가 되느니 적이 되겠다고 즉답을 했다.

그의 성격의 일면을 잘 보여주는 말이다. 그것 때문에 화운룡에게 죽임을 당하기는 했지만 말이다.

지금 화운룡은 천하무림의 일통이나 천하제일인 같은 야망이 없으므로 백청명을 적으로 삼지 않아도 될 것이다.

덕분에 장하문은 장가를 갈 수 있게 되었다.

문득 화운룡은 그런 생각이 들었다.

이번 생에서는 자신이 먼저 살았던 생에서 맺거나 쌓은 업보를 푸는 과정이 될지도 모르겠다고 말이다.

몇 순배의 술잔이 돌아가자 백청명은 기분이 많이 풀어졌으며 그 덕분에 술자리도 화기애애해졌다.

그는 화운룡의 신분을 묻다가 그가 태주현에 있는 해남비룡문 소문주라고 했더니 그런 문파는 들어본 적이 없다면서 미안하다고 말했다.

그렇지만 장하문처럼 뛰어난 인재가 주군으로 섬기는 인물이라면 필시 장차 대단한 문파가 될 것이라고 치켜세우는 것을 잊지 않았다.

그러면서 어떻게 신영진검을 대충 보고도 가짜라는 사실을 알아봤느냐고 넌지시 본론을 물었다.

"우연히 신영진검 검보를 본 적이 있습니다."

백청명은 깜짝 놀랐다.

"신영진검은 삼백 년 전에 멸문한 신영루(神影樓)의 검법인데 그걸 어떻게 보게 되었소?"

"신영루의 후손하고 친구가 될 기회가 있었기에 신영진검에 대해서는 잘 압니다."

"오!"

백청명은 반색했다.

"삼백 년 전에 신영루는 천하백파(天下百派)에 들 정도로 쟁쟁했었는데 화 소협이 어떻게 멸문한 신영루 사람을 알게 되었는지 궁금하구려."

'천하백파'라는 것은 천하무림에서 내로라하는 대단한 방파와 문파 백 군데를 이르는 말이다.

미래의 일이지만, 천하백파와 백무신이라는 말은 십절무황에 의해서 사라지게 된다. 그가 천하백파와 백무신들을 모조리 굴복시켰기 때문이다.

"그 사람은 자신이 밝혀지는 것을 싫어합니다."

화운룡은 그런 식으로 대답을 회피했다.

사실 신영루주가 화운룡의 수하였으며 무황십이신 중에 한 명이었다.

또한 십오 년 후에 신영루주는 검절(劍絶)로 천하무림을 전율시키는데 그로부터 몇 년 후에 화운룡이 그를 굴복시켜서 수하로 삼았다.

당시 신영루주의 성명검법은 신영진검이 아니라 그보다 몇 단계 위인 참영쾌검(斬影快劍)이었다. 신영진검은 신영루 고수들이 익힌 검법이다.

백청명은 화운룡이 신영루에 대해서 말하기를 꺼린다는 것을 알아차렸다.

하지만 그는 화운룡에게 몹시 고마움을 느끼고 있기 때문에 그에 대해서 하나라도 더 알고 싶었다.

백청명의 시선 속으로 화운룡 옆에 다소곳이 앉아 있는 보석 같은 용모의 옥봉이 들어왔다.

"무척 아름다운 아이로구려. 화 소협의 누이동생이오?"

옥봉 뒤에 서 있는 창천과 보진의 표정이 갑자기 살벌해졌다.

자신들은 감히 똑바로 쳐다보지도 못하는 공주더러 '아이'라고 했으니 죽여도 변명의 여지가 없다.

그러나 사전에 옥봉이 호위고수들에게 자신의 명령 없이는 함부로 행동하지 말라고 주의를 주었던 터라서 그들은 분노를 삭였다.

장하문은 난처한 표정을 지었다. 옥봉이 화운룡과 혼인할 여자라고 말할 수 없기 때문이다.

그때 화운룡이 조용한 목소리로 말했다.

"내 정혼녀입니다."

"아……."

"오……."

순간 백청명과 백진정은 동시에 탄성을 터뜨렸다.

설마 저 소녀가 화운룡의 정혼녀일 것이라곤 꿈에도 상상하지 못했다.

심지어 장하문이나 창천, 보진조차도 안색이 변할 정도로 놀랐다.

그만큼 화운룡의 대답은 모두의 예상을 깨뜨렸다.

그러나 뭐니 뭐니 해도 가장 놀란 사람은 옥봉이다. 그녀는 비단 놀랐을 뿐만 아니라 감격하여 눈물이 핑 돌았다.

"그게 정말이오?"

예의상 이렇게 물으면 안 되지만 백청명은 상황이 상황인지라 그렇게 묻지 않을 수가 없었다.

화운룡은 보는 사람의 마음을 푸근하게 만드는 온화한 미소를 지었다.

"그렇습니다. 우리는 길일을 잡는 대로 혼인할 예정입니다. 그때는 백 궁주도 초청할 테니까 오십시오."

"무, 물론이오! 기꺼이 가겠소!"

백청명은 땀을 흘리면서 애써 웃음을 지었다.

목숨을 다해서 화운룡을 사랑하는 옥봉이지만 지금 그녀
의 사랑이 두 배로 더 깊어졌다.

                    *   *   *

화운룡과 옥봉은 한 침상에 누웠다.

옥봉의 말로는 무릉도원 용황락에서 두 사람은 수십 년 동
안 한 침상에서 같이 자며 부부로 살았다고 했으니 따로 자
는 것이 더 이상한 일이다.

북경을 떠나 제남까지 오면서 화운룡 일행은 정현왕의 장원
이나 정현왕 지인의 장원에서 사흘 밤을 지냈다.

그때도 두 사람은 지금처럼 한 침상에서 같이 잤다.

그렇지만 화운룡은 옥봉하고 무슨 일이 있었을 것이라고는
추호도 생각하지 않았다.

그게 될 리가 없으며 돼서도 안 되는 일이다. 그러므로 옥
봉에게 둘 사이에 무슨 일이 있었느냐고 묻는다는 자체가 어
리석은 일이었다.

천장을 향해 똑바로 누운 화운룡의 팔베개를 한 옥봉은 그
의 가슴에 손을 얹고 그의 귓가에 입김을 토해내며 속삭였다.

"용공, 편히 주무세요."

"봉애도 잘 자라."

"네."

자는 줄 알았던 옥봉이 화운룡의 가슴을 쓰다듬으면서 조용하게 속삭였다.

"소녀에게서 냄새가 나지 않나요?"

"무슨 냄새?"

"며칠 동안 목욕을 하지 못해서 소녀의 몸에서 냄새가 날지도 몰라요."

화운룡은 팔베개를 해준 손으로 옥봉의 머리를 쓰다듬었다.

"좋은 향기만 나는구먼."

"내일 아침에는 목욕을 하고 싶어요."

"그러렴."

*   *   *

화운룡은 이른 새벽에 일어나서 운공을 해보았다.

태자천심운이 과연 얼마나 더 공력을 되찾았는지 궁금했다.

그 결과 미소단전 두 개가 허물어져서 이 년의 공력이 회복되어 도합 칠 년의 공력이 되었다는 사실을 확인했다.

태자천심운이 봉인된 단전의 전벽을 허물어서 공력을 회복시키고 있다는 그의 짐작이 맞았다.

공력이 회복되는 속도가 느리기는 하지만 화운룡은 전혀 조급하지 않다.

천하무림의 일통 같은 야망 없이 그저 자신과 옥봉, 그리고 가문을 지킬 수 있을 정도의 공력만 있으면 충분하다고 생각하기 때문이다.

     *   *   *

그날 아침 장하문은 식사 전에 정현왕에게 일어난 일을 화운룡에게 말해주었다.

"음, 아버님께서……."

"그래서 호위고수에게 전하를 태주로 모시라고 했습니다."

화운룡은 고개를 끄떡였다.

"잘했네."

"양주(揚州)에 제가 잘 아는 믿을 만한 장원이 있습니다. 현재 비어 있으므로 정현왕 일행이 머물면 좋을 것입니다."

태주현에서 양주까지는 이십 리로 매우 가깝다.

해남비룡문이나 태주현 근처의 장원을 한 채 얻어서 정현왕 일행을 머물도록 하는 일은 위험천만한 일이다.

현재로선 광덕왕이 어디까지 알고 있을지 모른다. 만약 화운룡의 존재와 그가 옥봉하고 혼인할 것이라는 사실을 알고 있다면 옥봉까지 위험할 수 있다.

그런 상황에 정현왕을 해남비룡문이나 태주현에 머물게 하는 것은 바보천치 같은 짓이다.

제일 먼저 할 일은 광덕왕이 무엇 때문에 정현왕을 습격했는지 이유를 알아내는 것이다.

그런 다음에야 그에 상응하는 계획을 세울 수가 있다.

운명의 수레바퀴는 전혀 예상하지 못했던 곳으로 굴러가고 있는 중이었다.

*   *   *

만공상판과 음양쌍도는 정오를 반시진 남겨놓은 시각에 은한천궁에 도착하여 대전으로 안내되었다.

대전에는 두 개의 탁자가 놓여 있고 양쪽에 백청명 쪽 사람들과 만공상판 쪽 사람들이 나누어 앉았다.

원래 주인은 단상의 태사의나 커다란 의자에 앉아서 손님을 맞이하는 것이 예의지만 만공상판이 무림의 배분으로나 나이로나 백청명보다 윗사람이라서 자리를 수평적인 관계로 만들었다.

하녀들이 술상을 마련하여 양쪽 사람들은 별 중요하지 않은 대화를 나누면서 몇 순배의 술을 마셨다.

백청명 쪽 탁자에는 백청명과 화운룡, 옥봉이 앉아 있고, 장하문과 백진정이 뒤쪽에 서 있으며, 옥봉 뒤에는 창천과 보진이 나란히 서 있었다.

정오가 되자 만공상판은 술잔을 내려놓고 거두절미하고 본론을 꺼냈다.

"자! 백 궁주는 신영진검을 전개해 보시오."

갈색의 긴 장삼을 입은 오십 대 중반의 만공상판은 세 가닥 수염을 쓰다듬었다.

"지금부터 세 번의 기회를 주겠소. 그중에 어느 한 번이라도 신영진검을 완벽하게 전개하면 완벽하게 터득한 것으로 인정하겠소."

그는 매우 진지한 표정을 지었다.

표정만으로 상대의 내심을 읽으려는 사람이 있다면 그의 표정을 보고는 그가 얼마나 이 일에 열성적이고 진지한지를 알 수 있을 것이다.

하지만 화운룡은 만공상판이 진지함하고는 거리가 먼 인물이라는 사실을 잘 알고 있다.

그는 백청명이 신영진검 터득에 실패했을 것이라고 확신하고 있으면서도 표정으로 일체 드러내지 않은 채 진지함을 가장하고 있는 것이다.

그의 양쪽에 앉아 있는 청포와 홍포를 입고 어깨에 도 한 자루씩을 메고 있는 음양쌍도 역시 같은 표정이다.

백청명은 만공상판이나 음양쌍도의 실력에 대해서는 정확하게 모른다.

다만 음양쌍도 각자가 자신과 비슷한 수준이고 백무신의 한 명인 만공상판이 자신보다 두어 수 고수라고 막연하게 짐작하고 있는 정도다.

백청명은 벌떡 일어나서 은한천궁 백진정의 오빠이며 총관인 백정견(白頂堅)이 공손히 건네준 자신의 애검 은한검(銀漢劍)을 받고 대전 복판으로 성큼성큼 걸어 나갔다.

화운룡은 팔짱을 끼고 느긋하게, 장하문 역시 편안한 모습으로 관망했다.

그러나 백진정과 백정견은 초조함이 얼굴에 가득 떠올랐다. 화운룡이 이 일을 잘 해결해 줄 것이라고 믿으면서도 초조함을 어쩌지 못했다.

백청명은 자세를 잡더니 어느 순간 왼손으로 잡고 있는 은한검을 뽑아 검실을 버리고 신영진검을 전개하기 시작했다.

쉬이익! 째애액! 파파아앗!

신영진검의 진정한 무서움은 허공을 가득 덮은 수십 개의 검 그림자, 즉 검영(劍影)들이 각기 다른 방향으로 쏘아 가며 무시무시한 위력을 지닌 채 압박하는 것이며, 그것을 신영(神影)이라고 한다.

상대가 자신에게 휘몰아치는 무수한 검영들을 막고 피하느라 정신이 없을 때 최후의 절초인 진검(震劍)이 우레를 동반하면서 뿜어져 상대의 숨통을 끊는다.

백청명이 도합 삼초식이며 각 초식마다 팔변이 있는 신영진검을 모두 전개하는 데 열 호흡밖에 걸리지 않았다.

장장 이 년 동안 반년씩 세 차례 폐관을 하며 절치부심 연마했던 신영진검의 정수가 불과 열 호흡 만에 다 쏟아져 나온 것이다.

척!

"후우우……."

신영진검 칠 성의 위력을 유감없이 보여준 백청명은 동작을 멈추고 길게 숨을 내쉬었다.

화운룡이 보기에 백청명은 신영진검을 칠 성까지 완벽하게 터득했다.

화운룡은 어제 백청명이 펼치는 신영진검을 두 번 보았으며 방금 전까지 세 번 보았다.

만공상관은 우뚝 서 있는 백청명을 보며 물었다.

"그만하겠소?"

백청명은 굳은 얼굴로 고개를 끄떡였다.

"그렇소."

원래 이 년 전에 백청명은 만공상판을 만났을 때 무림 선배로서의 예의를 갖추어서 매우 공손하게 대했다.

하지만 지금은 그가 사기꾼이라는 사실을 거의 믿고 있기에 공손할 수가 없었다.

"흐음……!"

만공상판은 진지하게 생각하는 듯 팔짱을 끼고 미간을 좁히며 신음 소리를 내다가 미리 준비한 말을 꺼냈다.

"백 궁주는 신영진검을 십 성까지 완벽하게 터득하지 못한 것 같소."

"그렇소?"

"아직 기회가 두 번 더 남았으니까 원한다면 다시 전개해도 괜찮소."

"그만두겠소."

만공상판은 자신이 신영진검을 완벽하게 터득하지 못했다고 말했는데도 백청명이 두 번 남은 기회를 포기하는 것을 보고 미간을 찌푸렸다.

이런 경우에는 대부분의 사람이 두 번이 아니라 열 번이라도 더 하겠다고 떼를 쓰는 것이 보통이다.

"정말 그만두겠소?"

"더 해봐야 십 성까지 완벽하게 전개하지 못할 게 뻔한데 무엇 때문에 더 하겠소?"

만공상판은 분위기가 조금 이상하게 흐르는 것을 느꼈지만 개의치 않았다.

만공상판의 이른바 '상판법칙'을 어기면 어떻게 된다는 것쯤은 무림에서 모르는 사람이 없기 때문이다. 그것은 이번이라고 다르지 않을 것이라고 그는 생각했다.

만공상판은 고개를 끄떡였다.

"그렇다면 백 궁주는 신영진검을 완벽하게 터득하지 못할 경우에 지게 될 책임에 대해서 어찌하겠소?"

은한천궁의 성명무공인 은한질풍검을 내놓고 은자 삼백만 냥을 토해내라는 뜻이다.

백청명이 진지하게 물었다.

"그 전에 궁금한 것이 있소."

"말해보시오."

"조금 전에 내가 전개한 신영진검은 어느 정도 수준이었소?"

만공상판은 아쉽다는 표정을 지었다.

"칠 성이었소. 절학인 신영진검을 이 년 동안 그 정도 터득했으면 잘한 편이지만 아쉽게도 완벽하진 않았소."

"당신이 틀렸소."

"틀려? 내가 말이오?"

백청명은 굳은 얼굴로 진지하게 설명했다.

"당신이 내게 준 신영진검 검보는 필사본이었소. 그것을 완벽하게 익히면 칠 성 수준이오. 그러므로 나는 완벽하게 터득한 것이오."

지금까지 평정심을 잃지 않았던 만공상판의 표정이 이 시점에서 조금 흔들렸다.

"필사본이라니?"

그는 짧은 말을 하는 도중에 다시 평정심을 되찾았다.

"이제 와서 그런 억지를 부리는 것이오? 그래도 소용없소. 나는 신용 하나로 먹고사는 사람이오. 귀하는 내가 누구라는 것을 잊은 모양이군?"

그때 화운룡이 조용히 중얼거렸다.

"누구긴? 희대의 사기꾼이지."

모두의 시선이 화운룡에게 집중됐다.

그중에서도 만공상판은 냉랭한 표정으로 그를 주시하며 또렷하게 말했다.

"그 말에 책임을 못 진다면 너는 죽은 목숨이다."

화운룡은 빙그레 미소 지었다.

"네가 사기꾼이라는 사실을 증명하지 못한다면 내 목을 내놓기로 하지."

그는 예전부터 인간 같지 않은 놈들에겐 하대를 하고 인간으로 취급하지 않았다.

만공상판은 느긋하게 미소 지었다.

"당연히 그래야 할 것이다."

이때까지도 그는 잠시 후에 자신이 어떻게 될지 꿈에도 짐작하지 못했다.

화운룡은 옥봉이 따라준 술을 한 잔 마시고 나서 잔을 내려놓으며 말했다.

"뭐든지 공평한 게 좋지 않은가?"

"무슨 뜻이냐?"

만공상판은 자신의 일에 딴죽을 걸고 나선 화운룡이 단칼에 죽이고 싶도록 얄미웠다.

"네가 사기꾼이라는 사실을 증명하지 못할 경우에 나는 목을 내놓겠다고 약속했는데, 만일 네가 사기꾼이라는 사실을 증명한다면 너도 뭔가 손해를 봐야 하지 않겠나? 그래야 공평하지."

이 시점에서 만공상판의 표정이 다시 한번 살짝 흔들렸다.

그리고 그는 뭔가 좋지 않은 불길한 예감을 느꼈다. 그의 경험으로는 대부분의 나쁜 일들이 이런 전조를 보였다.

하지만 생전 처음 보는 저 새파란 애송이가 기적을 일으킬 것이라고는 생각하지 않았다.

그렇다. 장장 삼십 년 동안 이어온 만공상판의 상술을 뒤집는다는 것은 기적이나 다름이 없는 일이다.

"뭘 원하느냐?"

"내 종이 돼라."

"뭐어……."

"내 발바닥을 핥으라면 핥고 내 똥을 먹으라면 먹는 종이 되라는 말이다."

탕!

"이놈!"

만공상판은 화를 참지 못하고 손바닥으로 탁자를 치면서 벌떡 일어섰다. 그는 분노했지만 백청명이나 백진정 등은 혼비백산하고 말았다.

설마 화운룡이 그런 어이없는 요구를 할지 예상하지 못했기 때문이다.

그렇지만 화운룡은 어디까지나 느긋했다.

"이봐, 네가 사기꾼이 아니라면 그렇게 화를 낼 필요가 없지 않겠나?"

"……."

만공상판은 찔끔했다.

화운룡의 말이 맞다.

만공상판이 불같이 화를 내면 낼수록 자신이 사기꾼이라고

인정한다는 뜻이다. 그가 떳떳하다면 화를 낼 하등의 이유가
없다.

"너 뭔가 찔리는 구석이 있는 건가?"

"찔리기는……."

만공상판은 움찔하며 황급히 손사래를 쳤다.

그래놓고서는 자신의 언행이 지나치게 당황하고 있다는 것
을 깨달았는지 금세 냉정을 되찾았다.

화운룡 쪽 사람들은 그가 무림의 저승사자라고 불리는 만
공상판을 어린아이처럼 갖고 노는 광경을 보면서 웃음이 나오
려는 것을 간신히 참고 있는 중이었다.

"나는 목을 거는 데 비해서 네가 내 종이 되는 것은 내가
많이 양보한 것이다. 나는 죽게 될 테지만 그래도 너는 살 테
니까 말이야. 어때, 하겠나?"

천하의 만공상판이 즉답을 하지 못하고 화운룡의 눈치를
살피면서 바쁘게 머리를 굴리고 있다.

이쯤 되면 그는 이미 기세에서 화운룡에게 형편없이 밀리
고 있는 것이다.

"좋아. 못 할 것도 없지."

만공상판은 목이 부러질 것처럼 고개를 끄떡이는 것으로
밀리고 있는 기세를 만회하려고 애썼다.

그는 저 새파란 애송이가 절대로 자신이 사기꾼이라는 사

실을 증명하지 못할 것이라고 장담했다.

설사 저놈이 완벽한 증거를 내놓는다고 해도 만공상판 자신이 절대 아니라고 우기면 그만인 것이다.

증거라는 것은 그것을 증명해 줄 누군가가 있을 때에만 효력이 있는 것이다.

그렇게 생각한 만공상판은 세게 나갔다.

"자! 이제 내가 사기꾼이라는 사실을 증명해 봐라."

화운룡은 고개를 끄떡였다.

"좀 기다리게. 그걸 증명해 줄 사람이 잠시 후에 올 테니까."

"네놈이 증명하는 것이 아니냐?"

화운룡은 호탕하게 웃었다.

"하하하! 내가 입 아프게 구구절절이 설명해서 증명을 해도 네가 아니라고 딱 잡아떼면 그만이잖은가? 그런 쓸데없는 짓을 내가 왜 할 것 같으냐?"

"......"

만공상판은 두 번째로 할 말을 잃었다. 화운룡이 정곡을 찔렀기 때문이다.

"푸핫핫핫!"

그때 백청명이 파안대소를 터뜨렸다. 아무리 참으려고 해도 도저히 웃음을 참을 수가 없었다.

그는 화운룡을 향해 엄지손가락을 치켜세웠다.

"화 소협이야말로 진정한 영웅이오! 핫핫핫핫!"

화운룡은 빙그레 미소 지으며 술잔을 들었다.

"과찬이십니다. 백 궁주께선 이리 오셔서 우리끼리 담소나 나누면서 술이나 마십시다."

"하하하! 그럽시다!"

기세나 전세 둘 다 화운룡 쪽으로 기울었다.

화운룡은 만공상판에게 술잔을 들어 보이는 친절함도 잊지 않았다.

"늦어도 한 시진 안에 그가 올 테니까 그를 기다리는 동안 술을 마시도록 하게."

"끄응……."

만공상판의 입에서 자신도 모르게 신음 소리가 새어 나갔다.

괜한 트집이 아니라 그는 아까부터 화운룡이 자신을 아랫사람처럼 대하는 것을 꾹꾹 참고 있는 중이었다.

"그런데 네놈은 어째서 노부에게 하대를 하는 것이냐?"

"그러는 너는 어째서 내게 하대를 하느냐?"

"……."

만공상판은 세 번째로 할 말을 잃었다.

네가 하대를 해서 나도 하대를 한다는 데에야 뭐라고 대거리를 할 말이 생각나지 않았다.

화운룡은 더 심한 말은 하지 않았다. 뚜렷한 목적 없이 상대를 화나게 하는 것은 좋지 않다. 이를테면 '나는 개한테 존대를 못 한다' 같은 말이다.

『와룡봉추』 3권에 계속…